AlgaR EDITORIAL

Últimos títulos publicados en la serie «Coolman y yo»

1. *Coolman y yo.* Rüdiger Bertram / Heribert Schulmeyer
2. *Coolman y yo. ¡Sálvese quien pueda!* Rüdiger Bertram / Heribert Schulmeyer

Existen unas *Propuestas didácticas* referidas a este libro que se pueden descargar de forma gratuita desde la página web www.algareditorial.com.

Título original: *Coolman und Ich. Rette sich, wer kann*
© *Verlag Friedrich Oetinger, Hamburgo, 2011*
Traducción: *Laura Almiñana Estors, 2012*
© *Algar Editorial*
Apartado de correos 225
46600 Alzira
www.algareditorial.com
Diseño de la colección: *Enric Solbes*
Impresión: *Romanyà Valls*

1ª edición: *septiembre, 2012*
ISBN: *978-84-9845-503-8*
Depósito legal: *V-2618-2012*

RÜDIGER BERTRAM

COOLMAN Y YO

DIBUJOS DE HERIBERT SCHULMEYER

¡Sálvese quien pueda!

Traducción de Laura Almiñana

AlgaR EDITORIAL

1
SOS – Kai en apuros

Imaginaos un viejo bote salvavidas. Uno de esos de madera con dos remos y que, para mi desgracia, tiene un agujero del tamaño de una moneda en el casco. El bote va a la deriva entre el violento oleaje del Canal de la Mancha, en algún lugar entre Inglaterra y Francia.

¿Os lo podéis imaginar?

Perfecto.

Sobre la embarcación planea una bandada de gaviotas que esperan, cual buitres hambrientos, a que el joven con un sombrero horroroso que está dentro del bote la palme. Está blanco como la nieve, de cuclillas en medio del charco que va formando el agua que entra por el agujero, y repite una y otra vez «SOS» con un hilillo de voz, como si así pudiera pedir ayuda a la Real Armada Británica.

¿Lo captáis?

Estupendo, así ya me tenéis fichado. Soy el chico del bote. Mi nombre es Kai, y no me importaría en absoluto hacerles el favor a las gaviotas de morirme ahora mismito.

¿Os habéis mareado alguna vez en un barco? No me refiero a que os hayáis encontrado un poquito mal después de haberos hinchado a comer churros y haber subido al barco vikingo de la feria de vuestra ciudad. No, me refiero a si alguna vez os habéis mareado de verdad en plena mar. Si no es así, entonces no tenéis ni idea de cómo me encuentro ahora mismo. Esto es peor que tener diarrea, sarampión, varicela, rubeola, gripe A, peste porcina y salmonela, todo a la vez.

Pero esto no acaba aquí.

Lo peor de todo es que no estoy solo en el bote.

En la proa hay un tipo con capa y antifaz que, desafiando a la marea, canta a grito pelado canciones de piratas.

¿Conocéis a Coolman? Difícilmente, ya que soy el único que puede verlo. Me acompaña desde que cumplí cuatro años y daría lo que fuera para que esto cambiase. He hecho todo lo posible para deshacerme de él. De verdad. Pero Coolman siempre está ahí, tanto si quiero como si no. Es mi destino y no puedo hacer nada para evitarlo.

Tres razones por las que nos deberíamos ahorrar eso de encender una hoguera:

1. Estamos en medio de una tempestad.
2. El agua que entra por el agujero del casco acabaría apagando las llamas.
3. La gente del ferri hace rato que se ha dado cuenta de que me he caído de la cubierta.

Y por eso me han lanzado este queso gruyer con forma de bote salvavidas. Para que no me ahogue mientras hacen virar el barco y tratan de repescarme.

Pero, por lo que veo, es más fácil girar a una ballena dentro de una bañera que dar la vuelta en medio del mar con ese pedazo de barco. Va para largo. Así que tengo tiempo de explicaros cómo he llegado hasta aquí y por qué llevo puesto el auténtico sombrero del almirante Horatio Nelson. En todo esto Coolman –¡oh, sorpresa, sorpresa!– tiene parte de culpa.

Rebobino hasta el principio de la historia. Imaginadme a mí sentado en la parte trasera del coche de mis padres hace justo dos semanas.

¿Lo tenéis?

Bueno, pues será mejor que me dé prisa y os lo cuente todo antes de que el bote termine de hundirse por completo o yo empiece a vomitar sin parar, del mareo que llevo.

Hace dos semanas:

–Te gustará. ¡Estoy absolutamente convencida! –dice mi madre girándose hacia mí y regalándome una de sus espectaculares sonrisas. Le salen bordadas porque tanto mi madre como mi padre son actores de teatro. Uno no sabe nunca si dicen las cosas en serio o están interpretando un papel. Por ejemplo, el de padres preocupados porque sus hijos aprendan idiomas. Cuando en realidad lo que están es encantados de quedarse dos semanas solos en casa.

Vamos camino del colegio. Desde allí saldrá el autobús que nos llevará hasta el ferri. Y con este, cruzaremos el canal de la Mancha sin bajar del autobús y continuaremos hasta Londres. Allí me esperan dos semanas de clases de inglés.

Y esto se lo tengo que agradecer a Coolman. Mi profesora de inglés, la señora Meier, me dijo a principio de curso que mi inglés era *awful.* Coolman me dijo que *awful* quiere decir algo así como

«fantástico,
maravilloso,
extraordinario».

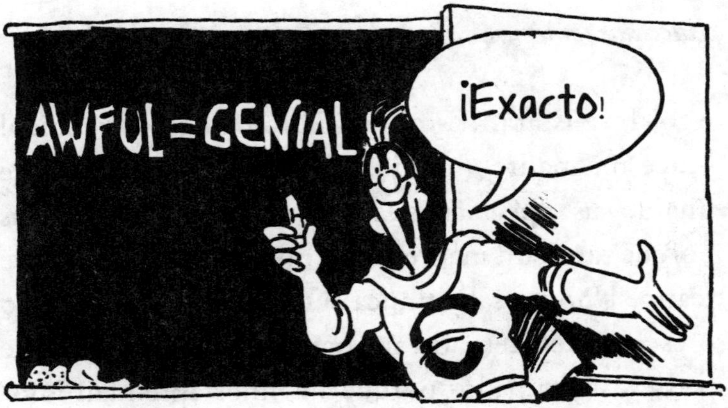

Desafortunadamente no es verdad. Pero me he dado cuenta un poco tarde y me he relajado demasiado durante todo el año con esta asignatura.

Mi mayor error: hago demasiado caso a las palabras de Coolman, aunque, después de tantas aventuras, debería haber aprendido a ignorarlas.

Solo después de haber visto el cero que he sacado en inglés se me ha ocurrido buscar la palabrita en el diccionario. Y allí estaba, negro sobre blanco: *awful* no significa para nada «fantástico, maravilloso, extraordinario», sino

«desastroso,
espantoso,
horrendo».

Mi único consuelo es que el inglés de mi hermana Anti es tan malo como el mío y no le queda más remedio que venirse conmigo a Inglaterra. Al menos así no voy solo.

Doy un fuerte suspiro y Anti, que va sentada a mi lado, se queda mirándome.

–Inglaterra es genial. No como aquí, donde todos los días brilla el sol. Allí el cielo está siempre gris y es superdeprimente –ha malinterpretado mi suspiro e intenta animarme a su manera.

Anti se llama en realidad Antígona, pero el nombre completo no le gusta nada. Se hace llamar Anti a secas y, sinceramente, le va que ni pintado.

Se gira hacia la ventanilla y enciende su iPod. Esto lo noto porque el pelo largo y teñido de negro que le cae por delante de la cara empieza a moverse al ritmo de la música, debido a que tiene el volumen a toda pastilla.

Algún día me presentaré al *Libro Guiness de los récords*. Mi reto será algo así como: ¿cuántas canciones soy capaz de adivinar con tan solo mirar el aleteo del pelo de mi hermana?

Por cierto, para ir a la tele mi hermana tendría que vestirse con colores más alegres. Solo lleva ropa que conjunte con el color de su pelo, es decir, solo usa ropa negra y eso gustaría tanto al gran público como si Darth Vader presentara todas las noches el tiempo.

Al pasar por delante de la residencia de ancianos La Última Cama me doy cuenta de que no me he despedido de Adolf Schmitz.

–¡Alto! ¡Parad el coche ahora mismo! –grito sin pensármelo dos veces.

Mi padre pisa el pedal del freno hasta el fondo. Debe pensar que se me ha olvidado el pasaporte en casa o que me he dejado las cuatro cuñas de queso que me ha preparado mi madre, porque dice que los ingleses no saben lo que es un buen queso.

Os debo una explicación: Adolf Schmitz vive en La Última Cama y es algo así como una especie de amigo, aunque al principio pensase que yo era un carterista profesional. Pero esto es otra historia.

Saco la mano por la ventanilla y abro la puerta desde fuera, porque mis padres creen que un viaje en coche sin el seguro para niños echado resulta demasiado peligroso para pasajeros de doce años.

Teniendo en cuenta que no tengo ganas de discutir y que, además, con Coolman es imposible discutir sin volverse loco, vuelvo a abrir la puerta para que pueda bajarse del coche. Anti me mira a través de la cortina de pelos como si me hubiese vuelto majareta. Al igual que mis padres, no tiene ni idea de la existencia de Coolman. Mucho mejor porque, de no ser así, me pasaría las vacaciones en una clínica para enfermos mentales en vez de irme a Inglaterra.

–Ya nos vemos en el autobús –les grito mientras corro hacia la puerta de la residencia.

Tengo tiempo de sobra porque mi madre es una exagerada y planea los viajes con un montón de antelación. Si por ella fuera, habríamos salido de casa ayer por la noche y habríamos montado una tienda de campaña en el aparcamiento del colegio, para asegurarse así que no llegamos tarde.

Camino por el césped hacia una ventana que da al pasillo de la planta baja, porque pasar por el vestíbulo de la residencia es demasiado peligroso, ya que hay cocodrilos al acecho deseosos de cazar una presa fácil. Naturalmente no me refiero a cocodrilos de verdad, sino a viejecitas medio amodorradas en sus sillones, que no solo comparten con los reptiles la gran cantidad de arrugas que tienen, sino también sus métodos de caza. Haciéndose las dormidas, esperan a que se aproxime algún jovenzuelo imprudente para abalanzarse sobre él y besuquearle hasta que, después de horas y horas, algún vigilante sea capaz de liberar al desdichado de los huesudos brazos que lo acorralan. Ya lo he vivido una vez en mis propias carnes y no necesito volver a pasar por eso.

Así que, como siempre, mejor ir por el césped y entrar por la ventana. He hecho tantas veces este recorrido que incluso se ha formado un sendero entre la hierba.

Entro por la ventana y llamo a la puerta número 0815, que es donde vive Adolf Schmitz. No tarda mucho en aparecer.

–Hola, chavalín. Me alegro de verte –me saluda el señor Schmitz.

Ha sido marinero durante toda su vida, lleva todo el cuerpo tatuado y, al igual que yo, tiene un acompañante invisible. El suyo se llama Superguillermo, y a Coolman no le cae especialmente bien.

Adolf Schmitz es el único que puede comprender lo mucho que me marea Coolman. Así que lo echaré de menos cuando esté en Inglaterra. Me refiero a Adolf Schmitz, claro está, y no a Coolman.

–Me marcho dos semanas a Londres, así que me gustaría despedirme de usted –le explico.

–Oh, esto me viene de perlas, chavalín –me contesta–. Así podrás entregar una carta de mi parte. Espera un momento, solo será un minuto.

Acto seguido, coge un bloc de notas y escribe unas líneas. Después introduce la hoja doblada en un sobre, le rocía un poco de su loción para después del afeitado y lo cierra con su saliva.

– Ya está –dice después de haber apuntado un nombre en el sobre–. Esto se lo das a la reina. Pero dáselo tú en persona. ¡¿Entendido, chavalín?!

–¿A quién? –lo miro como si me hubiera pedido subir al Himalaya y entregarle la carta al mismísimo Yeti.

–A la reina de Inglaterra. ¿Es que estás sordo? Ella también vive en Londres.

–¿Y por qué no envía la carta por correo? –le pregunto, ya que no creo que uno pueda presentarse en Buckingham Palace y llamar al timbre tan ricamente para entregar un sobre.

–¡No, no, no! De ninguna manera. Entonces lo interceptaría alguno de sus guardias. En persona es mucho más seguro.

–¡Seguro que es un farol y usted no conoce a la reina!

–Apuéstate algo, jovencito –me replica, a la vez que me muestra una vieja foto donde aparece él en un puerto, junto a una chica ataviada con un vestido pasado de moda.

–Coincidimos en Australia hace ya muchos años. Yo tenía el barco amarrado allí y ella se encontraba en el país de visita oficial. Surgió algo entre los dos e incluso estuvimos a punto de comprometernos, pero no le estaba permitido casarse con un plebeyo.

No sé si creerme esta historia o no. La muchacha de la foto no parece en absoluto una princesa. Aunque, mirándolo bien, las princesas que salen en las revistas de cotilleos de mamá son personas normales y corrientes.

–¡Tienes que prometérmelo, chavalín!

Coolman no me lo pone nada fácil y, además, el señor Schmitz me mira cada vez con más cara de pena. Así que, ¿qué otra alternativa tengo?

Le tiendo la mano solemnemente y le digo con voz grave:

–¡Se lo prometo!

Tal vez me he ablandado porque su historia me recuerda a Lena, una chica de mi clase con la que salí durante algún tiempo.

Pero fueron los cinco minutos más intensos de mi vida. Aunque no viera a Lena durante cuatro de esos cinco minutos porque tuvo que ir al baño. A pesar de ello, sé lo que se siente cuando te han partido el corazón.

Mal, fatal. Se siente uno rematadamente mal.

2
Londres está 'very' lejos

Media hora después llego al aparcamiento de mi colegio, con la carta de Adolf Schmitz en el bolsillo.

Anti ya está sentada en el autobús escuchando música. Su pelo ondea como si en vez de auriculares llevara puesto un ventilador.

Mis padres esperan delante del autobús charlando con otros padres. La verdad es que a ninguno se le ve muy afectado porque vaya a echar muchísimo de menos a sus hijos.

¡Más bien todo lo contrario!

–¡Ey, tío! Esto no te lo esperabas, ¿eh? –alguien me toca el hombro por detrás, mientras otra voz añade:– ¡Esto es la bomba! ¡Nos lo vamos a pasar genial, colega!

Ya no hace falta que me dé la vuelta. Sé de sobra que se trata de Alex y Justin.

Tres razones por las que al principio no me pareció tan mala la idea del viaje a Inglaterra:

1. Pensé que tendría dos semanas libres de Coolman.
2. Pensé que me desharía de Alex y Justin durante todo ese tiempo.
3. Pensé que sería mejor desaparecer del mapa para después volverme a presentar delante de Lena con energías renovadas.

Me equivoqué por completo con los puntos uno y dos.

Imaginaos la capacidad mental que pueda tener una llama, que solo tiene que pensar en rumiar todo el día. Si la dividís entre 15 os saldrá el coeficiente intelectual que tienen Alex y Justin juntos.

Cuando era nuevo en la ciudad y todavía no conocía a nadie, mi hermana amenazó con darles una paliza de aúpa si no se hacían amigos míos. Anti lo hizo con muy buena intención, pero no tenía ni idea de los daños que esta amistad podía ocasionar. Desde entonces, Alex y Justin me siguen como perritos falderos allá donde vaya. Los dos saben que Anti es cinturón negro de kárate, y no solamente porque le chifle el color...

Empiezan a contarme la mar de orgullosos que para este viaje han recibido una beca para niños con problemas de aprendizaje, mientras el guía turístico nos pide que subamos al autobús.

Voy hacia mis padres para despedirme de ellos. Por suerte mi madre se ahorra el besuqueo al que me tiene acostumbrado. Y seguro que le está resultando muy difícil porque, como actriz que es, no deja pasar ninguna ocasión para ponerse dramática delante de cualquier público. Mi padre me da la mano y me acaricia la cabeza. Perfecto.

Cuando subo al autobús, veo cómo Alex y Justin están desalojando a dos chicos que, imprudentemente, se habían sentado en la última fila.

–¡Ey, tío! Te hemos pillado sitio –chilla Alex nada más verme en el pasillo.

–¡Los asientos de atrás son los mejores con diferencia! Desde aquí puedes disparar bolas de papel a quien quieras, colega –grita Justin mostrándome un boli vacío, con una sonrisilla en la cara.

Anti ha colocado su bolsa de viaje en el asiento que tiene al lado, y no hace ningún gesto que me indique que ha reservado el sitio para mí. Así que no me queda más remedio que rendirme a mi destino y sentarme al lado de Alex y Justin.

En cuanto me siento, una limusina entra a toda velocidad en el aparcamiento, y pega un frenazo tal que le chirrían todas las ruedas.

El coche pertenece al alcalde. Pienso que es un gesto muy bonito eso de querer despedirse personalmente de los jóvenes de su ciudad.

Pero no es esa su intención. Ni siquiera baja del coche. Solo ha venido a traer a su hija hasta el autobús. No sabía que ella también venía. Así que ahora también puedo tachar el punto número tres de mi lista de «Razones por las que al principio no me pareció tan mala la idea del viaje a Inglaterra».

Lena sale del coche dando un saltito y se mete en el autobús.

Todo esto es totalmente innecesario porque de todos modos Lena no puede oír a Coolman. Además, ella no se sentaría a mi lado ni de coña, aunque ese fuera el único asiento que quedara libre y tuviera que pasarse todo el viaje de pie. Todo ha terminado entre nosotros. *The end, forever and ever*. Sin ni siquiera mirarme, Lena se sienta dos filas delante de mí. ¡Genial! Ahora me pasaré todo el camino viendo cómo bambolea su coleta cual péndulo de hipnotizador.

—¿Tío, has estado alguna vez en Londres? —dice Alex rescatándome de mis pensamientos.

Está la mar de entretenido intentando despegar un chicle del asiento de enfrente. Solo espero que... ¡No! Demasiado tarde. Se lo acaba de meter en la boca y ha empezado a masticarlo para devolverle la textura blanda que un día tuvo.

–Lo que más me alegra es poder ver la torre Eiffel, tío –apunta haciendo un ruido asqueroso con la boca.

–¡Y la guillotina! Sería la bomba si le cortaran la cabeza a alguien mientras estamos allá –añade Justin.

–No quisiera acabar con vuestra ilusión, pero creo que andáis un poco confundidos –intento que sean conscientes de su error, con el mayor tacto posible–. La Torre Eiffel está en París y hace ya unos cuantos años que no decapitan a nadie allí. Además, nosotros vamos a Londres.

–¿De verdad? –Justin parece decepcionado.

–¿Y qué hay en Londres que merezca la pena, tío? –pregunta Alex, sin parecer importarle demasiado hacia dónde nos dirigimos.

–El Big Ben, por ejemplo –explico solícito.

–¿Y ese quién es? ¿Un rapero o un jugador de baloncesto? –replica Alex.

–Si es tan famoso, no podemos dejar de ir a verlo –dice Justin.

¡No tienen remedio!

Paso de contestarle. Además, me viene que ni al pelo que el conductor haya puesto música. En la entrada había una caja donde cada uno podía dejar sus CD favoritos para que el conductor los pusiera durante el viaje. Yo también he dejado uno. He grabado un *mix* con mis pelotazos favoritos.

Observo por la ventana el paisaje que estamos atravesando. Es un aburrimiento, pero es mejor que tener que ver todo el rato la coleta de Lena. Alex y Justin también se están aburriendo, y eso puede ser muy peligroso.

Están jugando a submarinos.

Alex tiene las manos en los ojos como si sujetara unos prismáticos y da órdenes a su oficial de torpedos:

–Objetivo a la vista: tercera fila a la derecha, asiento de la izquierda. ¡FUEGO, tío!

Justin carga el boli vacío con bolitas de papel llenas de babas y las va disparando por todo el autobús.

–¡Tocado y hundido, tío! –berrea Alex cada vez que Justin le da a alguien.

Por suerte, no acierta en la mayoría de los disparos. Aun así, prefiero hacer como si no los conociera y seguir mirando por la ventana.

Cien kilómetros más tarde el primer CD ha llegado a su fin. El conductor pone uno nuevo y ya con el primer compás me doy cuenta de que es el mío. Pero hay algo que no me cuadra. No es la grabación que quería haber copiado.

Se trata de... de... de... del mayor caso de vergüenza jamás conocido en la historia de la humanidad. En el altavoz resuena la voz de un chico que toca unos acordes en una guitarra mientras canturrea una canción compuesta por él mismo. Conozco la canción. La conozco mejor de lo que quisiera en estos momentos, y dice así:

> ¡Oh Lena! Quiero que seas mi nena.
> ¡Me encanta tu melena!
> Nuestro amor duró muy poco,
> y mi corazón es ahora un moco.
> Pero vivo con la ilusión,

de conquistarte con esta canción.
¡Ohhh yeahhhh!

Hasta el momento nadie se ha dado cuenta de que es mi voz la que nos tortura desde el altavoz. Grabé la canción con un micrófono directamente en el ordenador, justo después de mi historia con Lena. Debe de haberse mezclado por equivocación con los otros datos del disco duro. Que no cunda el pánico: mientras nadie se dé cuenta de que soy yo quien canta, la situación es penosa pero queda esperanza.

–¡Pero si eres tú, tío! –dice Alex a grito pelado.

–Es verdad, colega. ¡Es nuestro Kai! –lo secunda Justin, apuntándome con el dedo–. ¡Un fuerte aplauso!

Al menos les gusta la canción. Aunque eso no es ninguna garantía de calidad...

Todos los chicos del autobús tienen los ojos clavados en mí y están partiéndose de risa. Incluso Lena se ha girado. Ella y Anti son las únicas que no se ríen, aunque por razones diferentes: Lena tiene cara de estar supercabreada y Anti no se ha enterado de nada porque lleva los auriculares puestos. Qué expectativas más alentadoras: a partir de ahora seré el bobo de la baladita durante todo el viaje.

Me escabullo debajo de la chaqueta y me hago el dormido. Cabe decir que es harto imposible que me duerma, pues mis compañeros de viaje no hacen más que gritar como borregos.

Ni hablar. Eso es solo una estratagema para sacarme de mi escondite. Pero ya no me la cuelan tan fácilmente. Pienso quedarme metido debajo de la chaqueta hasta que deje de oír las molestas risitas. Por suerte, mi reloj tiene luz incorporada y puedo ver la hora en la oscuridad. Finalmente, después de media hora todo vuelve a la normalidad. Pero mejor me quedo un cuarto de hora más en mi escondrijo, antes de atreverme a salir de nuevo. Por culpa de la crisis, hemos tenido que hacer el viaje en autobús. Para llegar a Inglaterra cruzaremos el canal de la Mancha por un túnel submarino. Como esto será más largo que un día sin pan, tengo tiempo de sobra para echarme una siestecilla.

Consigo dormirme y sueño que Coolman se hace famosísimo cantando mi canción. La ponen a todas horas en la radio y no quedan entradas para ninguno de sus conciertos. Tan pronto sube Coolman al escenario, todas las chicas de las primeras cincuenta filas se ponen a gritar como locas y a lanzarle ositos de peluche. Para colmo, mi trabajo consiste en encargarme de que su vestuario esté siempre perfecto y de que en su camerino nunca falte una bandeja con diez humeantes hamburguesas con queso, listas para comer. Es una auténtica pesadilla, sobre todo porque Coolman se come todas las hamburguesas él solito y no me da ni un mísero bocado.

El grito de socorro de Coolman me despierta. Me quito la chaqueta de la cabeza y me vuelvo a esconder de nuevo debajo de ella.

¿Sabéis cómo se siente uno cuando tiene una pesadilla tras otra, sin un momento de tranquilidad?

El problema es que esto ya no es una pesadilla, es la vida real y, por lo que veo, puede acabar bien pronto para mí y para los otros chicos del autobús.

El vehículo está moviéndose a toda leche por el carril contrario, y esto solo puede significar dos cosas: que el conductor se ha quedado dormido o que ha sufrido un ataque al corazón. Probablemente se le haya quedado el pie engarrotado encima del acelerador y ahora el autobús continúa sin control alguno, cual conductor kamikaze por la autovía.

Ninguno de mis compañeros lo ha notado hasta el momento. Alex y Justin roncan en los asientos traseros, mientras los otros juegan a las cartas, escuchan música o dormitan plácidamente.

Coolman tiene razón: ahora está en mis manos el librar de la catástrofe al autobús y a todos sus ocupantes.

Si sale bien, con lo alucinados y agradecidos que estarán, igual hasta se olvidan de lo de la canción para Lena.

Doy un salto y recorro el pasillo hasta llegar al conductor. Intento transmitir tranquilidad para evitar que todo el autobús entre en pánico. No me será fácil, pero algo tengo que hacer para que el vehículo vuelva al carril correcto e impedir así cualquier desgracia. Por un momento, me alegro de que Coolman esté a mi lado, y eso no pasa muy a menudo. De hecho, no me había pasado nunca.

Solo tres metros más y estaré a la altura del conductor. Visto desde atrás, parece como si estuviera en perfectas condiciones. Probablemente lleve puesto el cinturón de seguridad y esto ha evitado que su cuerpo se incline sobre el volante. Solo dos metros...

De repente, una mano me agarra el brazo.

En mi caso no es un pulpo lo que me tiene retenido, sino Anti.

–¿A dónde vas? –me pregunta mi hermana.

–¡Suéltame! –le grito–. ¡Tengo que poner el autobús a salvo o moriremos todos!

No será culpa mía si ahora mismo el pánico se apodera de todos nosotros. Anti no me debería haber frenado.

–¿De qué estás hablando?

Mi pobre e ignorante hermanita no tiene ni idea de que se encuentra en peligro mortal.

–¡El conductor está inconsciente! ¡Vamos por el carril contrario! ¡Pronto chocaremos contra alguien!

Anti suspira fuertemente y, armándose de paciencia, me dice:

–Hace ya un buen rato que estamos en Inglaterra y aquí se conduce por la izquierda. ¿No te suena eso de nada?

–Pero... pero... pero... –ahora mismo tengo un batiburrillo tal en mi cabeza, que no soy capaz de construir una frase mínimamente coherente.

–Te has pasado sobando todo el viaje en el ferri. Estabas tan frito que me ha dado pena despertarte.

Me arrastro hasta mi asiento, avergonzado y totalmente abatido. A partir de ahora, no solo soy el bobo de la baladita, sino el bobo de la baladita que quiso salvar al autobús de la nada.

Todos ríen y, sinceramente, si yo estuviera en su lugar haría lo mismo. La única que no se ríe es Lena. Me mira con pena y eso casi es peor que si se riera de mí.

Me envuelvo en mi chaqueta, con la intención de no salir de mi refugio hasta llegar a Londres.

El guía turístico nos hace bajar del autobús en un pueblucho donde hay unas cincuenta casas, tirando por lo alto. El resto son solo campos, prados y bosque, a excepción de un pequeño castillo que está en una colina detrás del pueblo. Y estoy casi seguro de que no se trata de Buckingham Palace.

–Londres no es muy grande, que digamos –dice Justin en cuanto pone un pie en la calle sin pavimentar.

–Yo también me la había imaginado diferente, tío. Da igual, así será más fácil encontrarnos con el Big Ben ese –añade Alex.

Anti es la primera en pronunciar la pregunta que nos ronda a todos por la cabeza, a excepción de Alex y Justin.

–¿A dónde hemos ido a parar?

–A un suburbio de Londres –nos explica el guía–. Aquí se está mucho más tranquilo que en la capital y no estamos muy lejos de allí.

El hombre nos indica con el dedo una señal azul de tráfico donde pone: «London 5 miles».

No hay nadie que haya venido a darnos la bienvenida, así que nos sentamos en la calle polvorienta, junto a nuestras maletas, esperando a que nuestras familias de acogida vengan a por nosotros y tengan a bien enseñarnos los que serán nuestros aposentos durante estas dos semanas.

Pero por aquí no aparece ni el tato.

Es tal el silencio que parece un pueblo abandonado. Puede que haya habido una explosión en una central nuclear cerca de aquí y no nos hayamos enterado porque estábamos metidos en el autobús.

–No os preocupéis. No tardarán en llegar –intenta tranquilizarnos el guía, sin dejar de mirarse el reloj.

Como no tengo nada mejor que hacer, me pongo a darle vueltas a la señal de «London 5 miles». Noto algo raro, aunque no sé exactamente qué es. En cuanto me acerco, me doy cuenta de que alguien ha pintado de azul el cero que había detrás del cinco.

¿Y?
¡Que en realidad son CINCUENTA millas!

3
'Home, sweet home'

Poco tiempo después empiezan a aparecer algunos ingleses despistados. Pero, por desgracia, no les entendemos ni jota, porque lo que hablan se parece tanto al inglés que hemos aprendido en clase como el italiano al finlandés. Esta gente habla un dialecto que suena igual que el gruñido de un perro al que le están robando un hueso. E incluso algunos de ellos se parecen físicamente a tan fiel animal.

La sonrisa parece ser un gesto poco extendido por estos lugares. Tal vez sean siervos sin derecho alguno, esclavizados y explotados por el señor que vive en el castillo de allá arriba. Igual que los pobres campesinos que aparecen en *Robin Hood*, que, dicho sea de paso, también era inglés.

Incluso a nuestro guía le cuesta entender a esta gente. Con mucho esfuerzo, consigue averiguar con qué familia va cada uno de nosotros. Cada vez que nombra a alguien, este se va detrás de la familia de acogida que le ha tocado, con la cabeza gacha como si lo acabaran de vender como esclavo en un todo a un euro.

Solo quedamos Lena, Alex, Justin y yo por adjudicar. Anti hace media hora que se ha despedido de nosotros.

–Voy a estirar un poco las piernas –ha dicho y, acto seguido, ha desaparecido del mapa.

Probablemente ha ido a buscar el parque donde pasan las horas muertas los jóvenes del pueblo, fumando tabaco de liar y bebiendo cervezas a morro. En todos los sitios hay un parque así. Incluso en el poblacho más pequeño del África profunda o del Polo Norte. Allí tenéis a los esquimales adolescentes, enfundados en sus chaquetas de piel de foca, hinchándose a aceite de hígado de bacalao y esperando a que se haga de noche, para hacer un grafiti en la primera pared de iglú que pillen. O al menos así me lo imagino yo.

Lena está muy enfadada. Y no conmigo. Bueno, conmigo también, por lo de la canción en el autobús. Pero lo está todavía más con los organizadores del viaje. Hace un rato ha cogido el contrato que firmamos y se lo ha puesto en las narices a nuestro guía. En él pone bien clarito que nuestro alojamiento no estará a más de cinco minutos del centro de Londres. El guía la mira compasivo y, con una sonrisilla burlona, le señala la letra pequeña del reverso del contrato. Lo de los cinco minutos es correcto. Pero solo es válido para desplazamientos en helicóptero.

Los únicos que todavía no han captado en qué situación tan desamparada nos encontramos son Alex y Justin. Ahora mismo están discutiendo si en Londres hay algún McDonald's o no.

–Tío, mira a tu alrededor. Aquí no hay ni un mísero *bareto*, ni un local de kebabs –argumenta Alex.

–Pero algo tendrán que comer. Colega, sin McDonald's y sin kebabs los *londresinos* se morirán de hambre, digo yo –replica Justin.

–A lo mejor por eso tienen todos tan mala leche, porque están muertos de hambre, tío.

–Puede ser, colega. Menos mal que no me lo he terminado todo en el autobús –dice Justin, mientras saca medio bocadillo de chorizo de una bolsa de plástico transparente. Pero antes de poder explicarles que...

1. esto de aquí no es Londres,

2. los habitantes de Londres no son *londresinos*,

3. se puede sobrevivir estupendamente sin comer hamburguesas ni kebabs,

...entra triunfante un Rolls-Royce por la calle y frena justo enfrente del autobús.

La puerta del conductor se abre y un hombre baja del vehículo con muchas dificultades. Lleva puesto un traje negro, guantes blancos y es igualito que el mayordomo del anuncio de Don Limpio. Empieza a rodear el coche hasta llegar a la puerta trasera del lado opuesto. Tarda un buen rato en hacer todo el recorrido, no solo porque el señor es viejísimo, sino porque el coche es realmente largo. Cuando por fin llega a la puerta, la abre y grita con voz ronca, tan alto como puede:

–*Our Lordship, the Earl of Sherwood-Wellington, Duke of South-North-Indian and the Islands of Nocash.*

Un chico, apenas mayor que yo, sale del vehículo. En cuanto nos ve, frunce el ceño y agita la cabeza con desaprobación. Probablemente sea porque ninguno de nosotros se ha arrodillado en el acto ante él.

–¡Abajo la nobleza! ¡Que viva la democracia! –me hubiera gustado gritar ahora mismo, porque el tipo me ha caído mal nada más verlo. Pero lo dejo correr porque después tendría que explicarles largo y tendido a Alex y a Justin qué significa la palabra *democracia*. Y para eso seguro que no me bastarían las dos semanas en Inglaterra.

El pequeño lord vuelve a mirarnos condescendiente, antes de dirigirse a Lena.

–Mil disculpas por mi imperdonable retraso –suelta su discursillo en un perfectísimo español, con un leve acento inglés–. Tú debes de ser Lena. Tenía tantas ganas de conocerte...

Le coge la mano y aplasta sus labios contra sus dedos. Alex y Justin empiezan a partirse de risa y yo hago verdaderos esfuerzos para no reírme en su cara.

–Lo mismo digo –suspira Lena, poniéndose roja como un tomate.

Intenta hacer una reverencia al mismo tiempo que me lanza una mirada asesina, porque finalmente no he podido aguantarme la risa.

–Puedes llamarme simplemente Charles –le dice el pequeño lord, ignorando nuestras burlas y dirigiéndola al Rolls-Royce. El viejo mayordomo ya ha puesto la maleta de Lena en el maletero, mientras el pelota de Charles le abre la puerta del coche. ¡Como si ella solita no pudiera hacerlo! Lena sube al coche, sin ni siquiera dignarse a mirarnos una última vez. El pequeño lord le sigue y el anciano sirviente cierra la puerta. El coche va tan suave que no se oye ni un solo «clic».

–Las clases empiezan mañana a las nueve –le grita nuestro guía a Lena mientras el automóvil recorre a todo gas la calle polvorienta.

Una cosa queda clara: a Lena le ha tocado el premio gordo en este viaje. No es que tenga envidia o esté celoso, pero no me importaría en absoluto que en el castillo ese vivan un par de molestos fantasmas. Nada peligroso, pero algo así como un caballero sin cabeza que se les aparezca a Lena y al lord Charly a medianoche, para recordarles que en el mundo hay otras personas a las que no les han ido las cosas tan bien como a ellos; me parecería la mar de justo.

Con «otras personas» me refiero a Alex, a Justin y a mí, claro está.

Todavía no sabemos dónde vamos a dormir esta noche, el conductor del autobús, impaciente, no deja de tocar el claxon y al guía se le han acabado las ganas de seguir esperando. Así que nos anota el nombre de una calle en un papel y sube al autobús.

–Presentaos en esa dirección, que seguro que os están esperando con los brazos abiertos.

–Pero ¿usted no se queda aquí? –le grito horrorizado, porque la idea de quedarme solo con Alex y Justin no me gusta nada.

–¿Yo? –me contesta riéndose–. No pienso pisar este pueblucho hasta dentro de dos semanas, cuando vuelva a por vosotros. Ahora me voy a Londres, *bye bye*.

Esta última frase apenas la oigo porque las puertas del autobús ya se han cerrado.

Acto seguido, el vehículo sale de allí a toda pastilla, dejándonos a los tres sumidos en una nube de polvo. Cuando la nube se disipa, veo a Anti saludándonos desde los asientos traseros del autobús, donde se ha escondido todo este tiempo.

No tengo por qué preocuparme por Coolman. Volverá. Siempre vuelve. Es como una especie de bumerán; aunque uno quiera, es imposible deshacerse de él. Todo lo contrario que Anti, a la que seguro que no vuelvo a verle el pelo en las próximas dos semanas.

Por si mi situación no fuera ya lo suficientemente penosa, ha empezado a llover. Y las gotitas de lluvia están empapando la nota con la dirección donde Alex, Justin y yo debemos encontrar a nuestras familias de acogida.

–¡Vaya, el tipo solo ha escrito mi dirección!

Miro compasivo a Alex y a Justin. En este momento me dan verdadera pena, pues ahora mismo no saben ni tan siquiera dónde van a pasar la noche.

Se miran el uno al otro y empiezan a reírse.

–¡Sorpresa, tío! –me dice Alex.

–No ha sido fácil –añade Justin– pero al final los hemos convencido para que pudiéramos quedarnos los tres con la misma familia.

¿LOS TRES?

¡¡¡A mí nadie me ha preguntado y, si lo hubieran hecho, por supuesto que no me habrían convencido!!!

¡¡¡DE VERDAD QUE NO!!!

Alex y Justin me confían la tarea de encontrar la casa. Lo cual no me resultará muy difícil, porque en esta aldea solo hay una calle. A ambos lados hay casas minúsculas de ladrillo rojo, idénticas las unas a las otras. Incluso los jardines son tan parecidos que me imagino que podrás pedir el kit completo por catálogo. No me extrañaría en absoluto que la gente de aquí se intercambiara las casas cada poco tiempo.

–¿Esta es la Downing Street, tío? –pregunta Alex detrás de mí–. Aquí vive el presidente de los ingleses. Lo he visto en la tele.

–Piensa con la cabeza –le replica Justin–. Estamos en Londres y la Downing Street está en Londres. Esta es la única calle que hay aquí, así que tiene que ser, por narices, la Downing Street. ¡*Equilicuá*!

–Sí, sí, el primer ministro británico vive por aquí –les digo, porque no tengo ganas de estar continuamente dándoles clases de repaso general.

Hemos alcanzado nuestro objetivo y estamos justo delante de la casa en la cual vamos a pasar las dos próximas semanas. No se diferencia en nada de la de al lado. Incluso las cortinas son idénticas.

En la placa de la puerta se puede leer «Margaret and Harvey Foolman». Llamo al timbre, y pasa un buen rato hasta que alguien abre la puerta. Aparecen una mujer y un hombre que nos observan con una mirada hostil, como si estuviéramos pidiendo dinero para la ONG Políticos sin Fronteras. Margaret tiene unos dientes enormes y salidos hacia fuera, de manera que parece un caballo suplicando un azucarillo. Para acabarlo de arreglar, lleva la cabeza llena de rulos. ¡Todo un primor! Harvey lleva puesto un albornoz, cosa que no entiendo porque son las cinco de la tarde. Es casi una cabeza más bajito que Margaret, pero el doble de gordo. Los dos tienen una taza de té en la mano y un cigarrillo colgando de la comisura de los labios.

¡¡¡QUIERO IRME A MI CASA!!!

–*Hello, Mum and Dad* –mascullo. En realidad, no se me ha ocurrido nada más y esto tampoco requería mucho esfuerzo idiomático por mi parte.

Inmediatamente después de pronunciar la última palabra, la mujer-caballo ha empezado a llorar y el gordo me ha abrazado, aplastándome contra su pecho y derramando todo el té de la taza que tenía en la mano sobre mi chaqueta. Para más inri, no paran de llamarme Brian. No me preguntéis por qué.

Poco después, me encuentro sentado en su sofá, con un álbum lleno de fotos de un niño que no conozco de nada. La pelirroja no hace más que abrazarme, mientras el calvorota lo filma todo con una videocámara. Gracias a mis más que deficientes conocimientos del idioma y a su curioso, por así decirlo, dialecto, no entiendo ni jota. Así que tardo un buen rato en saber por qué están tan excitados. El chico del álbum de fotos es su hijo Brian. Al parecer se piró de casa cuando tenía seis años y, viendo el percal que tengo alrededor, me maravilla que aguantase tanto tiempo. El salón parece un museo y huele igual que un museo: a cera de pulir suelos y a aburrimiento. En las paredes cuelgan por todas partes fotos de la reina y de toda la *Royal Family* al completo. Incluso el tapete de la mesa tiene un retrato bordado de la *Queen*. Como les he llamado *Mum and Dad* cuando nos han abierto la puerta, ahora creen que soy su hijo Brian que, después de tantos años, ha decidido volver a su hogar. La mujer-caballo no para de besuquearme.

–¡Qué casualidad, tío! –grita Alex pasmado, mientras observa todo el *show*–. Después de tantos años te has reencontrado con tus verdaderos padres justo aquí.

–¡Increíble, colega! –añade Justin y, señalando una foto de la reina en la pared me pregunta:– ¿Esa de ahí es tu abuela?

No me resulta nada fácil explicar el malentendido por culpa de mi inglés, así que lo intento mediante mímica. Y no se me da nada mal porque incluso Alex y Justin acaban captando la confusión. Cuando por fin Margaret y Harvey son capaces de asimilar el equívoco, nos explican, con la ayuda de un calendario del año de la polca, que esperaban nuestra llegada una semana más tarde.

Para cenar, Margaret nos sirve un pastel de carne tan frío como el ambiente que se ha creado en el salón desde que se han enterado de que no soy Brian. El pastel huele a comida de gato y sabe exactamente igual. Pero Alex y Justin lo encuentran delicioso, así que no opongo resistencia cuando intentan hincarle el diente a mi porción.

Como no podemos comunicarnos con normalidad con nuestra familia de acogida, nos vamos pronto a la cama. Siempre resultará una mejor opción que quedarse inmóvil en el sofá, sintiéndose observado por la reina de Inglaterra. Sus retratos me recuerdan mi compromiso con Adolf Schmitz y me hacen sentir mala conciencia, porque no tengo ni idea de cómo ni cuándo podré hacer efectiva la entrega de la carta personal.

Antes de poder irnos por fin a la cama, Margaret y Harvey nos obligan a cantar el *God Save the Queen.* Esto lo hacen religiosamente cada noche, nos explican con todo lujo de detalles (que, por supuesto, no entendemos). Alex canta todo el rato *God Shave the Queen* en vez de *God Save the Queen*, que significa 'Dios afeite a la reina', en vez del deseado 'Dios salve a la reina'. Por suerte, nuestros padres de acogida no se dan cuenta del error, porque Harvey hace el acompañamiento de la canción con una gaita. Parece como si se hubiera empaquetado debajo del sobaco una oveja esquilada y la estuviera hinchando con un bombín de bicicleta. Es más, no solo lo parece, también suena igual que si se hubiera empaquetado debajo del sobaco una oveja esquilada y la estuviera hinchando con un bombín de bicicleta.

Inmediatamente después de la última nota, Margaret nos lleva a una habitación pintada de azul claro y con una litera de tres pisos.

¡CUIDADO!

Ahora no debo cometer ningún error. En cuestión de literas, es vital elegir dónde duerme uno.

–Me pido arriba –grito lo más rápido posible.

Alex y Justin no tienen nada en contra, y se reparten las camas de abajo sin problema alguno.

Aunque estoy muerto de cansancio, no consigo dormirme en seguida. Así que aprovecho el tiempo para hacer una lista de todo lo que odio de Inglaterra, después de mi primer día aquí:

1. que conduzcan por la izquierda,
2. la comida,
3. el idioma,
4. la música,
5. al pequeño lord.

Para cuando he terminado mi lista, Alex y Justin ya han empezado a roncar y a tirarse pedos. El pastel de carne es de digestión difícil...

El aire caliente tiende a subir. Esto lo he aprendido en la clase de Física y ahora puedo también experimentarlo a través de mi olfato.

Gracias, Coolman. ¡Gracias por tu excelente consejo!

4
De visita en casa del lord

Para desayunar vuelve a haber pastel de carne, así que agradezco de todo corazón que mi madre me haya puesto en la maleta las cuatro cuñas de queso. Si mis cálculos no fallan, puedo comer 2'7 trocitos por día, e incluso puedo permitirme 3 trozos los domingos, cosa que me ayudará a no morirme de hambre durante estas dos semanas.

Después del desayuno, Margaret me da una bolsa de basura para que la lleve al contenedor. Alex y Justin tienen que fregar los platos y limpiar el suelo de la cocina. Así que, si lo comparo con lo de ellos, lo de tirar la basura tampoco está tan mal.

Hay mucha niebla fuera y no me resulta nada fácil encontrar el contenedor; tendré que guiarme por mi instinto. Cuando por fin lo encuentro, veo que está lleno hasta los topes y, al intentar meter la bolsa dentro de él, se me engancha con algo y la mitad de su contenido cae por el suelo. Casi todo son latas. Cojo una para volver a echarla al contenedor y me quedo mirando la etiqueta. De repente me entra un mareo terrible. Es comida para gatos. No quiero sacar conclusiones precipitadas, así que inspecciono las otras latas. Y, para mi desgracia, en todas ellas hay una foto reluciente, con un minino la mar de mono ronroneando delante de su cuenco rebosante de comida.

Estoy casi seguro de que Harvey y Margaret no tienen ningún gato. Ya me habría dado cuenta, pues tengo alergia a estos animales, y en la casa no he estornudado ni una sola vez. No es necesario poseer la lógica aplastante de Justin para darse cuenta de lo que esto significa: ¡el pastel de carne no es en realidad pastel de carne! Al menos no de carne para humanos.

¡Qué asco! Igual de asqueroso que tener que ir a clases en vacaciones. Las clases de inglés empiezan a las nueve y terminan a la una del mediodía. Me muero del aburrimiento. Entre otras cosas, porque Alex y Justin han hecho pellas. Pero esto no me sorprende en absoluto, pues, ¿por qué tendrían que cambiar sus costumbres justo ahora?

En realidad, la escuela es el mismo rollo aquí que allá: a los profes solo los entiendo de vez en cuando, con el agravante de que allá me hablan en mi idioma.

Pero os ahorraré los detalles y avanzaré la historia hasta el fin de las clases.

Cuando salgo del colegio está lloviendo. Aquí siempre llueve o hay una niebla espesísima. Delante de la escuela, el viejo mayordomo espera a Lena con un paraguas y el Rolls-Royce. Antes de que pueda charlar con ella un poco sobre el tiempo, ya se ha metido en el coche. Unos segundos después, sale el vehículo a toda pastilla en dirección al castillo, donde seguro que el pequeño lord está esperando su llegada.

Como no tengo nada mejor que hacer, me pongo a buscar a Alex y a Justin. No tardo mucho en encontrarlos. Están de cuclillas, alimentando con gomas elásticas a unas gallinas que hay detrás de una valla. Las gomas parecen lombrices que han caído en un bote de pintura, así que las pobres gallinas se pirran por ellas.

–No hay ninguno, tío –me saluda Alex.

–Y eso que hemos buscado por todos lados –añade Justin.

No tengo ni idea de qué me hablan.

–No hay ni un solo parque donde poder vaguear, tío –me explica Alex, al ver mi cara de póquer.

–Londres es un bodrio –dice Justin, lanzando una goma de color verde chillón que es engullida a toda prisa por una de las aves.

–¿Por qué estáis haciendo esto?

–¿El qué, tío? –pregunta Alex mientras tira otro elástico al corral.

–¡Alimentar a las pobres gallinas con eso! –replico–. No lo podrán digerir.

–Relájate. Si es totalmente inofensivo –intenta tranquilizarme Justin–. Si tienen las suficientes gomas en el estómago, se puede jugar de maravilla a fútbol con ellas. Con una buena patada, salen disparadas mejor que cualquier balón.

–Son la bomba, tío.

Creo que debería inventarme algo cuanto antes para que Alex y Justin dejen de hacer estupideces. Pero las posibilidades que ofrece este pueblucho no me lo ponen nada fácil. La única atracción es el castillo de la colina.

–¿Qué os parece si vamos a echar un vistazo al castillo? –les pregunto. En realidad me da completamente igual ese pretencioso castillito. Lo que me importa es poder ver a Lena. Pero los chicos no deben saber nada de esto.

–Buena idea, tío –responde Alex–. A lo mejor encontramos un par de mazas viejas tiradas por ahí.

–Eso sería aún más divertido que jugar a *pollofútbol* –concluye Justin, y con estas palabras ya me quedo tranquilo.

Avanzamos unos metros y me giro para echar un vistazo al corral. Las gallinas cacarean indignadas porque ya nadie les da más comida. Una revolotea por el aire y, cuando vuelve a tocar suelo, no lo consigue del todo porque rebota como una pelotita de goma.

Menos mal que nos estamos pirando de aquí.

–Por cierto, tengo que daros una mala noticia –les digo a los chicos, mientras subimos hacia el castillo–. El pastel de carne no es de carne carne. En realidad es de comida enlatada para gatos.

–¿En serio? –pregunta Justin, mirándome incrédulo.

Asiento con la cabeza y acelero el paso para tomar una distancia prudencial, por si se les revuelven las tripas.

–Y eso, ¿se compra en los supermercados, tío? –pregunta Alex.

–Si es así, podríamos comprar unas cuantas como *souvenir* –dice Justin–. ¡Sería un recuerdo la mar de sabroso!

No han reaccionado como me había imaginado. Pero, en fin, si a los dos les gusta...

Justo antes del puente levadizo, hay una casita con un letrero que dice «Caja». Y, dentro de ella, está el viejo mayordomo que ha recogido a Lena con el Rolls-Royce, medio en cuclillas, resolviendo un crucigrama.

–*Is Lena there in?* –me esfuerzo con el mejor inglés que puede salir de mi persona, mientras señalo al castillo que está al otro lado del foso.

El viejo, sin ni siquiera mirarme, señala con un lápiz un cartel donde pone que la visita al castillo cuesta una libra. O, al menos, eso es lo que he creído entender, porque el cartelito está en inglés y ya sabéis lo bien que se me da el idioma.

–Quieren que paguemos una libra cada uno para poder entrar –les traduzco a Alex y Justin que, con toda seguridad, han entendido menos que yo.

–¿En serio? ¿Una libra entera? Pero ¿una libra de qué? –pregunta Justin.

–Exacto, tío. Sabemos por el profe de matemáticas que estos tíos pesan las cosas por libras, en vez de por kilos. Eso ya me parece raro, pero que encima no especifiquen de qué quieren que sea la libra... Deberían expresarse con mayor exactitud. ¿Una libra de carne picada, una libra de plumas de ganso, o una libra de qué? Tendrían que tener un poco más clarito lo que quieren –alardea Alex por primera vez de sus conocimientos sobre algo en concreto.

–Una libra es también una moneda. Y resulta que es *su* moneda. Como el euro para nosotros –les explico resignado.

–¡A estos ingleses se les va la pinza! Es como si a nosotros nos diera por pagar en litros –replica Justin.

–O en kilos –añade Alex.

Mientras los dos continúan partiéndose la caja, me giro hacia el mayordomo.

–We are berry good friends from Lena –intento persuadir al viejo para ahorrarnos el dinero de la entrada. Pero este dato no parece importarle un pepino. Y con el lápiz vuelve a señalarme el cartelito, sin mirarme ni una sola vez.

Mejor pagamos. Rebusco en mis bolsillos, saco tres libras y se las doy a regañadientes al viejo. Después le explicaré lo ocurrido a su señor, que por lo menos habla mi idioma, y recuperaré mi dinero.

A través de un pequeño patio, accedemos directamente a la sala de los caballeros. A izquierda y derecha hay un montón de armaduras, y de las paredes cuelgan mazas, alabardas y espadas.

Material más que suficiente para armar a un pequeño ejército.

En seguida Alex pilla una maza y empieza a girarla sobre su cabeza como un loco.

–¡Al ataque, tío! –berrea amenazando a Justin. Este sale corriendo por un pasillo y, en su huída, coge un hacha de la pared.

Por mí, como si se arrancan la cabeza el uno al otro. No soy el *babysitter* de nadie. Tal vez desapareciendo del mapa harían un favor a toda la humanidad. Por lo menos, el gremio ovíparo estaría a salvo durante algún tiempo.

Me quedo rezagado, observando con atención las armaduras. Hay más de una docena y, como la gente antes era más bajita que hoy en día, algunas de ellas no son más grandes que yo. Me apuesto algo a que alguna de ellas me vendría bien. Cuando era más pequeño, soñaba muchas veces con poderme probar una auténtica armadura algún día. Tenía curiosidad por saber qué se siente con todo el cuerpo envuelto de metal. ¿Se sentirá uno como una tortuga? ¿Te podrás mover con eso puesto? Desafortunadamente nunca tuve la oportunidad de probarme una. Ni siquiera por carnavales, porque mi madre tiene una extraña fijación por los disfraces de verduras.

Una oportunidad así tal vez no la vuelva a tener en la vida. Alex y Justin se han ido, el mayordomo está metido en la casita de afuera y no hay ni rastro de Lena y su lord.

Así que, ¿por qué no?

Si solo es probármela, a ver qué tal me queda. Será un momentito de nada. Y ni siquiera hace falta que sea toda entera; solo el casco... con eso me conformo.

Me resulta muy fácil sacarlo porque no está enganchado a nada; simplemente cae sobre el cuello de la armadura. El casco se desliza por mis orejas, como si alguien lo hubiera engrasado con aceite de motor. Huele a moho, pero no me extraña, después de estar tantos siglos sin ser usado. Además, no veo nada porque la visera está cerrada. Intento abrirla, pero no hay manera.

Algo se ha quedado enganchado.

Decido sacarme el casco para abrir la visera desde fuera. Pero, por más que estiro y estiro, no consigo quitármelo. El casco no se mueve ni un centímetro. Se me ha quedado atascado.

—¡¡¡AYUDA!!! —me gustaría gritar, pero obviamente no lo hago; no soy tan tonto. Con eso solo conseguiría atraer la atención del mayordomo. O peor aún, la de Lena y su pequeño lord.

Así que me quedan tres posibilidades:

1. Me quedo aquí atascado, me muero de hambre y reaparezco cada noche convertido en fantasma entre los muros de este castillo.
2. Me ahorro lo de morirme de hambre saltando por las almenas de cabeza al foso, y reaparezco cada

noche convertido en fantasma entre los muros del castillo.

3. O busco a Alex y a Justin para que me ayuden a salir de esta.

Voy poniendo un pie delante del otro con muchísimo cuidado, porque no se puede ver mucho a través de las minúsculas ranuras de los ojos. En realidad, no veo ni torta. No tengo ni idea de cómo podían luchar antes con esto puesto. Probablemente se dedicarían a dar palos de ciego a diestro y siniestro con la espada. Eso explicaría el mal estado en el que se encuentran los escudos de esta exposición.

Recorro tres salas sin encontrar a nadie, cuando de repente tropiezo con algo. Pierdo el equilibrio y caigo sobre algo liso y cuadrado. Ese algo acaba cediendo y cae conmigo al duro suelo de piedra.

Primero oigo el ruido del vidrio haciéndose añicos y, acto seguido, el pitido ensordecedor de una alarma.

Una cosa está clara: he roto algo que no debería haber roto. Y, gracias a la sirena, no lo sé solo yo, sino también todos aquellos que se encuentren en un radio de cinco kilómetros a la redonda.

Como de todos modos no veo nada de nada, prefiero quedarme quieto. Ahora ya no puedo hacer mucho para remediar lo ocurrido y, además, tengo miedo de cortarme con los cientos de pedacitos de vidrio que debe de haber a mi alrededor.

Pasado un rato, la alarma deja de sonar y oigo pasos que se acercan apresuradamente.

–¡Pero si es Kai el que está ahí tirado en el suelo! –oigo gritar a Lena.

–¿Es tu *boyfriend*? –reconozco la voz del pequeño lord, por su acento inglés.

–¡NO! Pero ¡¿qué dices?! Solo vamos a la misma clase –replica Lena, como si hubieran insinuado que somos hermanos siameses.

Lena y su pequeño lord consiguen liberarme del maldito casco. Por fin puedo ver con claridad qué es lo que ha pasado: me he cargado una vitrina del museo. Hay un viejo sombrero tirado en el suelo entre los trozos de vidrio. El pequeño lord lo recoge y empieza a inspeccionarlo minuciosamente por todos los lados.

–*Well*, afortunadamente no le ha pasado nada al sombrero –dice después de un rato, y lo deja encima de un banco de piedra porque la vitrina ha pasado a mejor vida–. Este sombrero perteneció a mi tatatatarabuelo, el almirante Horatio Nelson. Lo llevaba puesto durante la batalla de Trafalgar, en la que perdió la vida después de haber vencido a los franceses. La gente viene de todas partes para admirarlo. Es una especie de reliquia nacional.

–¿Cómo se te ocurrió el disparate de ponerte un casco en la cabeza? –me interroga Lena.

–Pues... –me hago el remolón para ganar algo de tiempo. Miro alrededor y sigue sin haber ni rastro de Alex y Justin, así que les puedo echar la culpa de todo a ellos y quedarme tan pancho–. Alex y Justin me lo han puesto sin que yo me diera cuenta, en un momento en el que les estaba dando la espalda.

Lo bueno de estos dos es que te puedes inventar la tontería más absurda sobre ellos; quien los conozca, te creerá a pies juntillas. Ahora Lena me mira compasiva porque Alex y Justin se han pasado conmigo esta vez.

–¿Te apetecería venirte con nosotros de excursión mañana después de clase? –se entromete el pequeño lord–. Me gustaría llevar a Lena a Stonehenge. Es muy impactante, *you know*? Sabes de qué hablo, ¿no? Unos grandes bloques de piedra que están en círculo...

–No hace falta que me expliques de qué se trata. Sé de sobra qué es Stonehenge –interrumpo al engreído británico.

–De todos modos, ¿vendrás con nosotros? –me pregunta Lena y no tengo valor para darle un no como respuesta.

Tenía la intención de pedirle al lord que me devolviera las tres libras de la entrada. Pero ahora, con el lío del sombrero, mejor lo dejo correr.

Mientras me acompañan de vuelta al puente levadizo, Lena me cuenta lo maravilloso que es Charles: no solo habla nuestro idioma, sino que además domina a la perfección el italiano, el francés, el latín y el chino. Su padre es un alto cargo del Gobierno y su madre es artista. Sus cuadros están expuestos en los museos más importantes de toda Europa. Además, Charles es el capitán –cómo no– de su equipo de fútbol y entrena a un equipo infantil de *rugby*. También está metido en Greenpeace, recoge a todos los gatitos abandonados por la calle que encuentra y, cada dos domingos, ayuda sirviendo comida en una casa de caridad. Por descontado, es el mejor de su clase y, por si todo esto no fuera suficiente, en sus ratos libres compone canciones, dos de las cuales ya se pueden escuchar en la radio.

Odio a Charles.

Aunque me cueste reconocerlo, ¡me gusta la idea de Coolman!

5
Un dominó con fichas gigantes

–¿Te gusta la comida británica? –se preocupa mi auténtica madre por teléfono. Es mediodía, ya tengo otro día de clases sin sentido a mis espaldas, en el que no he entendido ni chufa, y mi madre quiere saber cómo me van las cosas.

–Me encanta. Está casi tan buena como la de casa –le respondo.

–Y, ¿la familia de acogida? ¿Es maja?

–¡Increíblemente atentos! Nos malcrían a todas horas.

–¿Y ya has visto mucho de Londres?

–Es una ciudad genial. Se puede hacer de todo.

–¿Y tu inglés? ¿Estás aprendiendo mucho?

–Por supuesto. Se podría decir que hablo casi con fluidez.

–Estupendo. ¿Tu hermana también?

–También, también. Pero no la veo mucho porque como estudia tanto...

–Me alegro. ¿Y ya has hecho nuevos amigos?

–Pues claro, ¿qué te crees? Un montón. Y, entre ellos, incluso hay un lord de verdad.

Así por lo menos reduzco el porcentaje de mentiras que le acabo de soltar a mi madre. Al fin y al cabo, el lord me ha invitado a ir de excursión con él. Además, ¿qué conseguiría si le dijera a mi madre que en realidad:

- me alimentan con comida para gatos en los desayunos, almuerzos y cenas,
- que nuestra familia de acogida nos tiene esclavizados,
- que Londres está a cincuenta millas de aquí y que en este lugar no hay ni un miserable parque donde hacer el vago un rato,
- que no entiendo ni una sola palabra del dialecto tan extraño que hablan por aquí,
- y que Anti se piró el primer día a Londres y desde entonces no he sabido nada de ella?

Las madres son tan cansinas como los viajes largos en autobús o más. Pero las madres preocupadas son como los viajes largos en autobús sin pausas para ir al baño.

Acabo de oír el claxon del Rolls-Royce, así que tengo la excusa perfecta para cortar la conversación.

–¡Tengo que irme! ¡Mi amigo, el lord, me está esperando! ¡Saluda a papá de mi parte!

Cuelgo el teléfono y salgo pitando a la calle. En el jardín me encuentro con Harvey. Ha rescatado el cortacésped del garaje y parece que se alegra de verme.

–¡*No time, no time*! –le grito.

Que corte su estúpido césped él solito.

El Rolls-Royce está en la calle, pero, por lo que se ve, no soy lo suficientemente importante como para que el mayordomo baje a abrirme la puerta.

Por el rabillo del ojo, veo a Alex y a Justin asomados a la ventana, mirando alucinados cómo subo al coche. Hace nada que se han levantado porque se han acostado al amanecer. Al parecer, ayer descubrieron un pasadizo secreto en el sótano del castillo. Lo recorrieron a cuatro patas y fueron a parar a un bosque. El resto de la noche lo pasaron intentando encontrar el camino de vuelta a casa. Estaban tan sucios cuando han llegado que me creo la historieta que me acaban de contar. Eso sí, estoy seguro de que ocultan algo, pero no tengo el más mínimo interés en descubrirlo.

El coche acelera en cuanto cierro la puerta, y yo empiezo a deslizarme por el tapizado. Voy dando saltitos como si estuviera en un trampolín, porque la piel de los asientos es, con toda seguridad, de canguro. El acabado del coche es de megalujo y por dentro el vehículo parece aún más grande que por fuera. Es sencillamente enorme. Si uno quisiera, podría meter tranquilamente una mesa de *ping-pong* y todavía le sobraría espacio para una pequeña grada para los espectadores.

Paso de Coolman y miro a mi alrededor. En las ventanillas hay unas cortinas de seda roja, y del techo cuelga una lámpara de auténtico cristal de Swarovski con velas de verdad, cuyas llamas titilan cada vez que el coche toma una curva. Los asientos están ordenados como en los compartimentos de los trenes antiguos, así que tengo a Lena y a su pequeño lord sentados en frente de mí.

–Hola, Lena. Hola, Charles –los saludo, intentando que no se note lo alucinado que estoy; me comporto como si en mi país me llevaran todos los días a comprar el pan en un coche de estos.

–Hola Kai –responde Lena.

El pequeño lord se limita a saludarme con un leve movimiento de cabeza.

Algo no va bien. Lo noto en el ambiente.

–Ha desaparecido –me susurra Lena al oído.

–¿Quién? –le pregunto, porque no tengo ni idea de qué está hablando. Al pequeño lord no puede referirse porque lo tengo justo en frente de mis narices. Al mayordomo tampoco, porque es el que conduce el coche ahora mismo. ¿A quién demonios se referirá entonces?

–¡El sombrero de Nelson! Alguien aprovechó la ocasión para robarlo. Como desconectaron la alarma y la vitrina... en fin, ya sabes lo que pasó con ella. ¡Scotland Yard está investigando el caso!

Tengo mis sospechas, colega, tío, pero me las guardo para mis adentros, claro está. Por lo menos, hasta que tenga alguna prueba. Además, tengo la desagradable sensación de que el pequeño lord me echa algo de culpa a mí por todo lo ocurrido. No para de mirarme. Tal vez piense que estoy compinchado con los ladrones y que rompí intencionadamente la vitrina para facilitarles el trabajo a mis cómplices. Al fin y al cabo, Inglaterra es cuna de grandes detectives y quién sabe la absurda historieta que se estará montando en su noble cabeza.

–Bueno, solo se trataba de un sombrerito de nada –intento suavizar la tensión que flota en el ambiente.

–¡Solo se trataba de un sombrerito de nada! –El pequeño lord me mira con cara de asesino–. Era el sombrero del almirante Nelson, mi tatatatarabuelo. Era el sombrero que llevó durante la batalla de Trafalgar.

–Entonces tuvo suerte de no haberlo perdido durante la batalla –intento ser lo más sensible posible con el tema–. Mi padre también tenía un sombrero al que le tenía mucho cariño. Se lo puso un día en una excursión en barco, vino un golpe de viento y desapareció en el agua. Desde entonces solo utiliza gorros porque estos no se vuelan tan fácilmente.

Al pequeño lord no parecen consolarle mis palabras.

–Me encantaría saber quién puede ser tan malvado como para hacer una cosa así –dice Lena.

–A mí también me encantaría averiguarlo –añade el pequeño lord, examinándome desconfiado.

Continuamos el viaje en silencio. Dentro del coche solo se oye el sonido de la lluvia que cae sobre el techo. Miro a través de la ventana, concentrando mis esfuerzos en parecer lo menos sospechoso posible. Aunque no lo vea, noto como el pequeño lord me mira fijamente, rumiando si soy o no culpable. Y no lo hace con disimulo o con el rabillo del ojo, no. Me taladra con su mirada y esto no es muy agradable que digamos.

Por todo esto, me alegro sobremanera cuando por fin llegamos a Stonehenge y puedo salir del coche.

El Rolls-Royce aparca en el prado que hay junto a las piedras. Hace un rato, pasamos delante del aparcamiento público que hay al lado de la carretera. Pero, por lo visto, con un Rolls-Royce uno no se da por enterado con este tipo de señales y puede aparcar donde le salga de las narices. Incluso al lado de una de las maravillas del mundo.

¿Conocéis Stonehenge? Son unas piedras gigantes y más viejas que Matusalén, que alguien colocó por ahí formando círculos hace miles de años. Y aquí están todavía. O por lo menos quedan algunas de ellas. No sé qué tienen de especial, salvo que las piedras son enormes, pero yo hacía las mismas formas con mi juego de construcciones cuando era pequeño y no me he hecho famoso. En mi opinión, Stonehenge está altamente sobrevalorado.

–Stonehenge tiene al menos tres mil años de antigüedad y los megalitos pueden llegar a medir cinco metros –explica el lord.

–¡Guau! ¡Cuánto sabes! –dice Lena fascinada.

El mayordomo va detrás de ellos sujetándoles un paraguas negro para que no se mojen. Los dos están muy juntitos porque no hay mucho espacio debajo. De mí, naturalmente, nadie se preocupa y por eso tengo la chaqueta empapada. Seguro que pillaré un resfriado de aúpa y, sinceramente, no creo que el viejo monumento valga tanto la pena.

–Algunas teorías dicen que este es un lugar sagrado, donde venían nuestros antepasados a rendir culto a sus divinidades –continúa el pequeño lord.

–Pero yo, como la mayoría de los científicos serios, pienso que se trata de una especie de calendario. Sea como sea, es una obra de singular genialidad.

Los dos contemplan los megalitos con admiración. Solo al mayordomo, que todavía va detrás de ellos con el paraguas en la mano, parece traerle sin cuidado tanta piedra junta. De algún modo, empieza a caerme simpático.

–Si es tan genial, ¿cómo es que no tiene un techo? Teniendo en cuenta que aquí siempre llueve... Si queréis saber mi opinión, los que construyeron esto tampoco eran tan inteligentes.

Pienso que acabo de hacer una aportación la mar de sensata, pero lo único que consigo es que Lena me atraviese con la mirada y que *su* lord me ignore por completo. Él prefiere continuar contando todo lo que sabe sobre la Edad de Bronce. Es un montón, así que poco a poco me voy descolgando del grupo para ver más de cerca a los gigantes de piedra.

Debido a la lluvia, no hay mucha gente por aquí. En realidad, no hay nadie. Incluso los guardas del monumento se han refugiado en las casetas que hay en el aparcamiento. Algunos turistas han inmortalizado sus nombres grabándolos en las rocas. Pero obviamente no conozco a ninguno. A no ser que este «*Coolman was here*» sea de...

Cuando vuelvo a reunirme con los demás, encuentro a Lena y a Charles sentados encima de una manta tomando un *picnic*.

¡Con la que está cayendo!

El mayordomo continúa protegiéndolos con el paraguas, de manera que ni ellos ni la cesta con la comida se mojan en ningún momento. Después de dos días alimentándome a base de queso en cantidades ridículas, se me hace la boca agua en cuanto veo los muslitos de pollo fríos y los sándwiches bien cargaditos. Aunque parecen un poco húmedos, tienen una pinta estupenda.

–¿Tienes hambre, Kai? –me dice Lena, haciéndome señas con la mano para que me una al festín. Por un momento, mi orgullo y mi hambre se baten en un duelo despiadado. Pero, por suerte, mi orgullo se da pronto por vencido, lo cual le agradezco de todo corazón.

–No mucha –miento como un bellaco–. Pero no me importaría probar uno de esos muslos de pollos.

–No son de pollo, sino de faisán –me corrige el pequeño lord.

La verdad es que me importa un bledo. Con que no sea comida enlatada ni sepa a cartón, me conformo.

–¿Tenéis kétchup? –pregunto mientras Lena me pasa un muslo de faisán.

El lord deja caer el sándwich que tenía en las manos, del patatús que le ha dado al oír mi petición. El sándwich ha caído en un charco que se está formando al lado de la manta y, como está tan cargado de un montón de *delicatessen*, no tarda nada en hundirse en él.

–*In the car, My Lord* –responde el mayordomo y, por primera vez, le oigo articular palabra. Ya había empezado a temer que sus señores le hubieran cortado la lengua, para que así le fuera imposible revelar los secretos de familia más escabrosos. Antes creo que la cosa funcionaba así.

–*Thank you* –respondo amablemente y me dirijo hacia el coche, porque entiendo que el mayordomo no podrá abandonar su función antilluvia.

Abro la puerta del vehículo y me meto de un salto. En el interior se está la mar de calentito. En la guantera del copiloto hay un frigorífico, cuyo zumbido apenas se oye. Dentro de él hay unos cuantos refrescos, un helado de vainilla y fresas para el postre, un vaso con unas bolitas negras que dan un poco de asco y una botella de kétchup.

A pesar de mi mala experiencia con el casco, dejo deslizar mis manos con cuidado por el volante del coche. Es de madera oscura y se nota su gran calidad. Coolman no para de repetirme:

–Hazlo, hazlo, hazlo. –Me doy cuenta de que las llaves están puestas en el contacto.

En casa, mi hermana pilla algunas noches el coche de mis padres sin que estos se enteren. No tiene carné de conducir y, aun así, lo conduce. Así que no debe de ser tan difícil. Además, yo no quiero conducirlo. Con arrancarlo, para saber qué es lo que se siente, me conformo.

Giro la llave y oigo cómo se enciende el motor. Suena como si le estuvieras acariciando suavemente la barriga a un tigre.

Me pongo a pensar que, si acerco el coche despacio hasta la manta del *picnic*, me ahorraré el tener que volver caminando bajo la lluvia. Así que presiono ligeramente el acelerador.

Os propongo algo: si no soy capaz de impresionar a Lena llegando en Rolls-Royce y saliendo de él como si tal cosa, a partir de ahora podréis llamarme Coolman 2.

Aunque solo le he dado un poquito al acelerador, el coche sale disparado hacia delante.

El Rolls-Royce pasa volando por delante del *picnic* y acaba chocando contra uno de los megalitos. En seguida se activa el airbag, impidiéndome ver a través de la luna delantera. Pero no importa, porque puedo oír todo lo que está ocurriendo fuera. La roca ha caído sobre la que tiene al lado. Y sucede lo mismo que con las fichas de un dominó, cuando las pones todas en fila, con la intención de que la primera tire a la segunda, y así sucesivamente..., solo que aquí, a lo grande... muy muy grande... en talla XXXXL.

La tierra tiembla a nuestros pies con el «clac, clac, clac, clac, clac, clac, clac, clac» de las piedras al caer, igualito que en un terremoto de intensidad media. Seguro que el temblor se puede sentir también en Londres, e incluso en Madrid.

De repente, todo queda en silencio. No se oye ni pío. Compruebo el estado de mi cuerpo, y parece ser que estoy sano y salvo. Poco después aparecen Lena y el pequeño lord. Con la colisión, la longitud del coche se ha reducido significativamente. Para que os hagáis una idea: ahora podrá aparcar sin problemas en cualquier hueco que encuentre. Lena parece preocupada; mejor será que no le diga de momento que el líquido rojo que tengo por la cara no es sangre, sino kétchup, que ha salido disparado de la botella al chocar.

Charles no parece tan preocupado por mi integridad física. Empieza a gritar como un loco por el estado del coche y por los megalitos.

–No ha sido culpa mía. El coche se ha puesto en marcha sin que yo hiciera nada –me defiendo sin mucho entusiasmo. No me importa si se lo creen o no, pero no se me ha ocurrido otra excusa mejor. Y, si me mantengo en mis trece, nadie podrá demostrar lo contrario. Además, tampoco es para que el pequeño lord se ponga así. No ha sido para tanto.

Si sus padres tienen tanto dinero, seguro que tienen un segundo Rolls-Royce en el garaje. Y con una grúa se pueden volver a poner las rocas en su sitio. Ya no vivimos en la Edad de Bronce, y cuando estén otra vez ordenaditas en círculo, nadie notará lo ocurrido.

Aun así, la tensión se puede cortar con un cuchillo cuando volvemos a casa en autobús. Me ha tocado pagar todos los billetes porque el conductor no ha aceptado la tarjeta de crédito bañada en oro del pequeño lord, y su mayordomo tampoco llevaba dinero suelto. Pero a mí no se me ha ocurrido montar un espectáculo por ello, como sí que lo ha hecho Charles por lo del coche y las rocas viejas. Simplemente les he pagado el billete a los tres sin rechistar. Y lo he hecho de corazón, aunque ya me podrían haber dado las gracias. Pero no lo han hecho, y lo encuentro muy feo por su parte.

6
El nieto de Sherlock Holmes

Como el pueblo no tiene ninguna parada de autobús, el conductor nos deja en un cruce que queda a dos kilómetros de la localidad. Los cuatro recorremos esa distancia en absoluto silencio.

Incluso Coolman mantiene el pico cerrado.

No le he vuelto a ver el pelo desde el incidente. Tal vez tenga mala conciencia, aunque lo dudo mucho. Al fin y al cabo, ha sido él quien me ha convencido para poner en marcha el coche y apretar el acelerador. A mí solo no se me habría ocurrido nunca una idea tan disparatada. Espero que, por lo menos, Coolman tenga un buen seguro.

Ha dejado de llover. Pero ha vuelto la niebla espesa tan típica de estas latitudes. Aquí no parece que conozcan otro tipo de clima. Desde que llegué no he visto el sol ni una sola vez. Pero no me importa, porque este tiempo casa a las mil maravillas con mi ánimo actual.

La niebla no nos deja ver dos metros más allá de donde estamos. Lo cual también me va que ni al pelo, porque así el pequeño lord lo tiene más difícil para taladrarme con su mirada asesina. Él camina por un lado de la calle y yo por el otro. Más distancia entre nosotros ya no puede haber. Y, en medio, van Lena y el mayordomo como si fueran Cascos Azules de la ONU, cuya misión es evitar que haya una masacre de civiles inocentes. Cabe decir que por «civiles inocentes» me refiero a mí, claro está. Charles continúa enfadado conmigo por lo del sombrero del almirante Nelson, por lo del Rolls-Royce y por lo de los pedruscos del año de la polca.

Pero me da igual mientras Lena no esté cabreada conmigo. Se ha preocupado por mí al estamparme contra el calendario de piedras. Y uno solo se preocupa por aquellas personas por las que siente algo. A esto tengo que sacarle partido. Así que me quejo en voz alta un par de veces.

Y funciona.

Después del gemido número veinticinco, Lena me pregunta:

–¿Te duele?

–Se puede aguantar. Todo en orden. De verdad. No es para tanto. Resistiré –respondo mostrando un gran coraje–. Solo que siento unos dolores terribles provocados por el accidente, del cual insisto en que yo no tengo la culpa porque el coche se puso en marcha solo. Pero ya está bien de lamentos. Prefiero continuar mi camino, paso a paso y sin queja alguna, por esta calle interminable, apretando los dientes para aguantar el dolor sin molestaros. A algunos les va peor que a mí. Algunos han perdido un sombrero y un coche. Y yo solo mi salud y mis sueños. ¿Sabes?, me hubiese gustado tanto ser guardabosques en algún parque de África. Allí hubiera protegido a los elefantes y a los rinocerontes de los crueles cazadores furtivos. Pero, desafortunadamente, para ese trabajo te exigen tener una salud de hierro y estar fuerte como un roble. Después de lo ocurrido, tendré que olvidarme de esto. En fin, buscaré otro trabajo. Alguno en el que pueda trabajar acostado todo el día, para que estos insoportables dolores no terminen matándome.

Bueno, esto debería ser suficiente. Si no le llega al corazón a Lena, es que no posee dicho órgano.

Increíblemente, mis palabras no han tenido el efecto deseado. Lena murmulla algo así como: «No te pases de listo...», y el pequeño lord refunfuña obcecado que si su familia lleva practicando la caza mayor en África desde hace cinco generaciones; que si él abatió a su primer búfalo con solo seis años; que si hay un montón de búfalos en África, y que si con su carne se puede alimentar allí a todo un pueblo durante un mes entero. Que, cómo no, él donó todo el animal para tan nobles fines, a excepción de la cornamenta, que era lo único que quería para poderla colgar en una pared de su habitación.

A pesar de la escasa visibilidad, puedo ver como a Lena eso del asesinato de búfalos no le ha hecho ninguna gracia. Así que me sube el ánimo *ipso facto*. Estoy de tan buen humor que incluso se me olvida gemir de dolor durante algunos metros.

Para recorrer los dos kilómetros que separan el cruce del pueblo necesitamos tres horas porque a causa de la niebla nos desorientamos continuamente. Y eso que el pequeño lord ha alardeado de haber sido guía de patrulla en los Boy Scouts y de estar emparentado de alguna manera con su fundador, lord Robert Stephenson Smith Baden-Powell.

A mí no me importa caminar, pero el cazador de pieles de tres al cuarto empieza a quejarse después de una hora porque le ha salido una ampolla. Si Lena no estuviese delante, seguro que su mayordomo se vería obligado a llevarlo a caballito hasta el pueblo.

—Ya estamos cerca —digo en cuanto veo a un par de gallinas dando saltos al lado de la carretera, como pelotitas de goma.

Y, efectivamente, al poco empiezan a aparecer las primeras casas de entre la niebla.

La despedida es rápida e indolora. Me pregunto si debería pedirle al pequeño lord las tres libras de las entradas de ayer, pues me gustaría recuperarlas. Pero descarto pronto la idea porque el ambiente todavía está bastante tenso y, de todos modos, el lord no lleva nada de suelto.

Lena, Charles y el mayordomo continúan su camino hacia el castillo y yo me desvío a casa de mi familia de acogida. Ojalá estén Alex y Justin en casa. El Rolls-Royce está hecho polvo; Stonehenge, también, pero tal vez lo del sombrero de Nelson todavía tenga arreglo.

Desde el jardín delantero, oigo cómo Harvey entona las últimas notas del *God Save the Queen* con la gaita. Menuda suerte. Por un lado, me he ahorrado el tener que cantar con ellos y, por el otro, la hora de la cena ya ha pasado. Espero que no hayan tenido la amabilidad de guardarme nada.

En el salón, encuentro a Margaret sentada en el sofá, haciendo una funda de ganchillo con la cara de la reina para la tapa del WC. Harvey ha guardado ya la gaita y está viendo en el televisor una retrasmisión en directo de un torneo de golf. Ninguno de los dos se ha fijado en mí mientras he cruzado la habitación. Mucho mejor. De todos modos, si se hubiesen dirigido a mí, no habría entendido ni jota.

Deben haberse dado cuenta de nuestras dificultades de comunicación, porque han pegado una nota en la puerta de nuestro dormitorio, que contiene una lista de nuestras obligaciones diarias. ¡Y está escrita en nuestro idioma! Parece ser que Harvey y su mujer-caballo quieren asegurarse de que no nos escudamos en nuestros problemas de comprensión. Pero no han tenido en cuenta un pequeño detalle: su dominio de nuestro idioma es casi igual de incomprensible que su inglés. Probablemente lo poco que saben lo han aprendido de vacaciones, ataviados con florida ropa de baño, untados hasta las cejas de crema solar con factor de protección 150, como mínimo, y con un vaso de sangría en la mano día y noche.

En la lista hay cinco puntos:

1. Labar año.
2. Salir bus ura.
3. Limpar bantanas.
4. Guillotinar hierba.
5. Frotar tierra.

Saco un boli del bolsillo de mi chaqueta y escribo un signo de interrogación bien grande detrás de cada uno de los puntos, para que nuestros explotadores británicos lo puedan ver bien. Además, resulta muy práctico, pues los signos de puntuación significan lo mismo en inglés que en nuestro idioma.

Alex y Justin ya están en la cama.

–¿Tú crees que si nosotros comiéramos las suficientes también podríamos saltar como las gallinas esas? –me saluda Justin, aguantando en alto una bolsa enorme con gomas elásticas. Está casi vacía. Y ayer estaba prácticamente llena.

–Veinte no son suficientes, tío. Ya lo he probado. ¿Quieres unas cuantas? –pregunta Alex.

–No, gracias. Ya he cenado –rechazo la amable oferta–. Decidme, chicos, vosotros estuvisteis ayer por la noche en el castillo.

–Claro, tío –replica Alex atento–. Ya te lo hemos contado.

–Estuvo genial lo del pasadizo secreto –añade Justin–. Así te evitas tener que pasar por delante del tipo de la caja.

Ahora no tengo tiempo para las batallitas de Coolman. Tengo que averiguar si Alex y Justin están detrás de la desaparición del sombrero del almirante Nelson. Si consigo recuperarlo, seguro que ganaré un montón de puntos con Lena y, además, podré demostrarle al pequeño lord que yo no tuve nada que ver con el robo.

Todavía piensa que lo mío del casco y la vitrina fue solo una artimaña para que mis cómplices no tuvieran problemas con la alarma.

–¿No os habréis traído un pequeño recuerdo de allá arriba? –les pregunto.

–¿No creerás que hemos mangado algo del castillo, tío? –responde Alex, mirándome tan indignado como si le acabara de acusar de no faltar ni un día al colegio y pagar regularmente el billete de autobús.

–¡Nosotros no robamos, colega! ¡Claro que no!

Me avergüenzo de haberlos acusado. Vale que no son unos angelitos, pero eso no los convierte automáticamente en ladrones profesionales. Creo que les debo una disculpa.

–Lo siento mu... –no continúo porque Alex me interrumpe.

–¡Pues claro que no, tío! *Robar* no es la palabra correcta en este caso. Lo que hacemos nosotros es repartir y asegurarnos de que haya una mayor igualdad en el mundo...

Los dos me miran burlones. Alex baja de la cama y separa un poco el armario de la pared. Al parecer, allí detrás esconden su botín. Justin extiende un edredón en el suelo, para que Alex me muestre todos sus tesoros de «Robo Justo»:

- un flotador salvavidas con el nombre del ferri con el que vinimos a Inglaterra,

-una caja con bolsas para el vómito (también del ferri),
-un plato hondo con una imagen de la reina (que probablemente pertenezca a nuestra familia de acogida),
-una cajita de música con el *God Save the Queen* (de nuestra familia de acogida),
-cinco latas de comida para gatos (ídem),
-una señal de stop (creo recordar que ayer todavía había una en nuestra calle),
-cuatro bolsas más de gomas elásticas (ni idea de dónde las han sacado),
-una maza (del castillo),
-una hacha (igualito que lo de arriba).

–¿¡A que estás flipando, tío?! –Alex y Justin me miran como si encima quisieran que les alabara su tenacidad a la hora de robar.

–¿Aquí está todo? –pregunto cauteloso, porque no veo el sombrero de Nelson por ningún sitio.

–Solo lo gordo. El resto son tonterías, colega –me explica Justin orgulloso.

–Y, ¿con quién queréis compartir todo esto? –continúo preguntando cauteloso.

–Bueno, con nosotros mismos, tío –sonríe Alex–. ¿O quieres pillar algo tú también? Puedes escoger lo que quieras.

–No, gracias –respondo brevemente. Subo a mi cama y les dejo caer un–: Pero que sepáis que lo que habéis hecho no está bien.

Y con esto doy por zanjado el tema. Tengo cosas más importantes por las que preocuparme: necesito pensar con tranquilidad.

Por lo que parece, podemos afirmar que Alex y Justin no han robado el sombrero. Yo tampoco lo hice y Coolman queda también descartado, deduzco con gran olfato detectivesco mientras mordisqueo un trozo de queso. Los dos tenemos una coartada perfecta ya que estuvimos todo el tiempo juntos.

Pero entonces, ¿quién lo hizo?

Mientras Alex y Justin vuelven a guardar los tesoros robados detrás del armario, confecciono una lista con los posibles sospechosos. En dicha lista, incluyo a tres personas:

1. Lena,
2. el mayordomo,
3. el pequeño lord Charles, *Earl of Sherwood-Wellington, Duke of South-North-Indian and the Islands of Nocash.*

El primer paso ya está dado.

Ahora toca el segundo.

Sin sentimentalismo alguno y libre de todo prejuicio, voy a analizar las motivaciones y coartadas de cada uno de los sospechosos, basándome solo en las pruebas contundentes que mi ilimitada inteligencia me proporcione, y resolviendo así el caso en un pispás. Al fin y al cabo, estamos en la patria de Sherlock Holmes, y eso marca.

Lena:

Motivaciones: ninguna.

Pruebas de su inocencia: ninguna.

Pruebas de su culpabilidad: ninguna.

Mi intuición dice: ella no ha sido.

El mayordomo:

Motivaciones: el mal trato recibido por su señor... tal vez.

Pruebas de su inocencia: ninguna.
Pruebas de su culpabilidad: ninguna.
Mi intuición dice: él no lo hizo.

El pequeño lord:
Motivaciones: ni idea, pero seguro que tiene alguna.
Pruebas de su inocencia: ninguna, pero eso no prueba nada.
Pruebas de su culpabilidad: ninguna, de momento.
Mi intuición dice: ha sido él.

¿Puede que haya pasado algo por alto en mi objetivo y cuidadoso análisis del caso Nelson? Coolman tiene razón. ¿Qué necesidad tiene el pequeño lord de robar algo que ya es suyo? No tiene ningún sentido.

–¿Y si Kai nos obliga a devolver todo lo que hemos pillado? –oigo a Justin. Él y Alex están en sus camas charlando en voz baja. He estado tan concentrado en la resolución del caso, que no me había dado cuenta hasta ahora de que están de cháchara.

–¡¿Por qué, tío?! ¡Si todo eso está asegurado!

–¡¿Sí?! ¿Las bolsas para vomitar y la comida de gatos también?

–¡Pues claro! Todo eso lo reponen los tíos de las aseguradoras.

¡Eso es! ¿Cómo no se me había ocurrido antes? El sombrero de Nelson también estará asegurado. Y como es una reliquia nacional, si desaparece, la aseguradora tendrá que soltar unos cuantos millones. Así que el pequeño lord ha robado el sombrero para embolsarse ese dinero. Elemental, querido Watson.

De repente, todo cuadra a la perfección.

¿Por qué se puso como se puso por lo del Rolls-Royce?

¿Por qué se tiene que pagar una entrada para visitar el castillo?

¿Por qué no tiene más que a un pobre y viejo mayordomo como servicio?

Porque está en bancarrota y necesita dinero urgentemente.

El caso está resuelto. Ahora necesito un par de pruebas y solo las encontraré allá arriba, en el castillo. Hoy estoy demasiado cansado, pero mañana por la noche haré una discreta visita al lugar del crimen. Y, si Alex y Justin me soplan dónde está la salida del túnel secreto, ni siquiera necesitaré rascarme el bolsillo para pagar la entrada.

Las palabras de Coolman no me asustan para nada. Simplemente me colaré, encontraré las pruebas necesarias y, en un abrir y cerrar de ojos, estaré de vuelta sin que nadie haya notado nada.

Qué ganas tengo de ver la cara que pondrá Lena cuando desenmascare a su lord estafador de aseguradoras, y acabe así con tanta tontería.

Aprovechando que mi intelecto está trabajando ahora mismo con la precisión de un ordenador de alto rendimiento, me pongo a traducir a nuestro idioma la nota que los Foolman escribieron con nuestras obligaciones diarias:

1. Labar año = limpiar los baños.
2. Salir bus ura = sacar la basura.
3. Limpar bantanas = limpiar las ventanas.
4. Guillotinar hierba = cortar el césped.
5. Frotar tierra = fregar el suelo.

Soy pura genialidad, pero los Foolman no deben darse cuenta de esto, porque de lo contrario ya no podré escudarme en mis problemas de comprensión y me tocará doblar el lomo con estos cinco puntos.

Me duermo contentísimo de mí mismo. Mañana me espera un día completo: probaré la culpabilidad del pequeño lord y, ya de paso, ganaré la regata de remo.

¿A qué regata te refieres?
¿No te lo había dicho?
Una competición de remo: nosotros contra los ingleses.
¡Yo soy un espléndido regatista!
¡Más rápido, más rápido, más rápido!

7
Tres marineros y una timonel

La regata tendrá lugar en el foso del castillo. Es lo suficientemente ancho y, si alguna embarcación vuelca, tampoco es muy profundo.

Está lloviendo cuando Alex, Justin y yo caminamos hacia el castillo. Se han saltado las clases, pero la regata no se la quieren perder por nada del mundo. Además, después habrá una pequeña fiesta que el pueblo entero ha preparado en nuestro honor.

Al llegar a la altura del corral de gallinas, todas empiezan a cacarear como locas, y se acercan ansiosas a la valla, abriendo el pico todo lo que pueden en dirección a Alex y Justin.

–Ya no nos quedan, colegas –les grita Justin apenado, encogiéndose de hombros.

–Y, aun así, no ha funcionado, tías –añade Alex y da un salto en el aire para demostrarles a las pobres gallinas que el fenómeno «pelotita de goma» no tiene efecto alguno sobre los seres humanos.

Eso se lo podría haber explicado yo mismo en su momento, pero probablemente no me habrían creído.

Mientras continuamos nuestro camino, pienso en el periódico que había sobre la mesa del desayuno esta mañana.

Me lo he leído enterito, de la primera a la última página. Bueno, leer, lo que se dice leer… no exactamente, porque estaba todo en inglés. Pero lo he ojeado en busca de alguna foto del Rolls-Royce destrozado y de los megalitos caídos. Y no he encontrado ni una, lo cual solo puede significar dos cosas:

1. Los padres del lord son tan influyentes que han conseguido tapar lo del accidente, o
2. los megalitos de Stonehenge se caen cada dos por tres, y reconstruyen el monumento como mínimo una vez a la semana, por lo que los periódicos ya no lo consideran una noticia de interés.

Sea como sea, lo verdaderamente importante es que este pequeño incidente no supondrá ningún conflicto diplomático entre nuestro país e Inglaterra. Al fin y al cabo, no me hubiese gustado ser el culpable de que las relaciones entre las dos naciones se hubiesen enfriado hasta congelarse. Y menos aún hoy, cuando se celebra delante del castillo una fiesta de hermanamiento entre ambos países.

Los lugareños han instalado un montón de puestos donde se puede comprar algo para comer. Nuestros padres de acogida también tienen el suyo: ofrecen su infame pastel de carne, y Alex y Justin no tienen nada mejor que hacer que ponerse a la cola.

Además del pastel, Margaret y Harvey están vendiendo vales para arreglillos del tipo «Cortar el césped» o «Fregar el suelo». Si no lo he entendido mal, los bonos solo son válidos para los próximos diez días y caducan justo el día en que Alex, Justin y un servidor nos marchamos. Y yo, Sherlock Holmes júnior, sospecho que existe alguna relación entre estos dos datos. El soplagaitas y su mujer-caballo se dedican ahora a la trata de esclavos. Esto no me sorprende en absoluto, pues ya en el siglo XIX los ingleses se enriquecieron secuestrando pobres africanos y enviándolos como esclavos a América. Así que esta práctica se puede considerar aquí una tradición, al igual que jugar a críquet o tomar el té.

Entre los puestos, encuentro a Lena acariciando a un perro que está la mar de a gusto repantigado panza arriba. Me acerco hacia ella con disimulo, como si estuviera paseando casualmente por ahí.

–¡Hola, Lena! ¿Es tu perro?

–Claro, me lo metí en la maleta para introducirlo ilegalmente en el país –responde sin mirarme.

–¿En serio? –me arrodillo a su lado y acerco la mano con la intención de acariciar al perro detrás de las orejas.

Pero no parece gustarle demasiado, pues el gruñidito de placer se ha convertido en un gruñido amenazador, a la vez que enseña los dientes. El chucho solo para cuando retiro mi mano a una distancia prudencial de su hocico.

–¡Eres tonto de remate! El perro es de Charles. Se llama Hamlet y es un perro de caza adiestrado. Su pedigrí se remonta a los tiempos de las cruzadas. ¿No es fantástico?

–Estoy entusiasmado –respondo, sin perder de vista al animal. No le he gustado nada. Tal vez el perro intuye que estoy a punto de acabar con el negocio de su señorito.

–Lena, tienes que ser fuerte –empiezo cauteloso porque quiero prepararla mentalmente para la gran decepción–. Charles no es...

Y, antes de que pueda terminar la frase, aparece el timador en persona, acompañado de su mayordomo. Hamlet da un salto y saluda eufóricamente al pequeño lord.

Charles, el pelota redomado, vuelve a besar la mano de Lena a modo de saludo. Mi recibimiento es claramente más frío. Tal vez se huele que ya he descubierto todo el pastel. O tal vez todavía le dure el enfado por lo del Rolls-Royce y los megalitos. Pero al menos él no me gruñe como Hamlet.

–Ahí enfrente hay un puesto donde se puede practicar tiro con arco. ¿Te apetece que probemos? –le pregunta a Lena.

–Pues claro que tenemos ganas –contesto yo rápidamente para que estos dos no me dejen aquí tirado.

Aquí se utiliza el arco largo inglés, el mismo que ya utilizaba Robin Hood en sus tiempos. La diana está a unos doscientos cincuenta metros de distancia, justo al borde de un pequeño bosque.

–Se han dejado la diana olvidada allá a lo lejos. Alguien debería ir a por ella antes de que empecemos –puntualizo mirando expectante al mayordomo.

–La diana está justo donde tiene que estar –replica el pequeño lord–. ¿O es que eres miope?

Hago como si no lo hubiera oído y disimulo tratando de tensar el arco. No resulta nada fácil, aunque el pequeño lord no parece tener muchas dificultades. El mayordomo le da una flecha y Charles la coloca en la cuerda. Después tensa el arco hasta que la madera de tejo comienza a crujir.

Acto seguido, la flecha sale zumbando en línea recta y termina dando justo en el centro de la diana. Los espectadores –que no son pocos; en realidad, el pueblo entero– empiezan a aplaudir como locos y a lanzar sus sombreros al aire.

No me extraña: al fin y al cabo, son todos siervos del pequeño lord y su avariciosa familia. Si a alguno se le ocurriera no aplaudir, en la siguiente cosecha tendría que entregar el doble de patatas a su señor. Por eso no me tomo a mal su entusiasmo exagerado. Pero lo de Lena es diferente: es para mí un misterio por qué festeja con tanto fervor el golpe de suerte que acaba de tener el pequeño lord.

El truco de Coolman no está nada mal, pero, por desgracia, llega demasiado tarde.

–Adelante, es tu turno –me dice el pequeño lord en tono burlón, acercándome una flecha.

Miro hacia Lena pero no parece querer desearme buena suerte.

Más bien todo lo contrario: continúa idolatrando a Charles y no para de repetir lo «increíble» que ha sido el tiro, «simplemente extraordinario».

Pues le voy a enseñar algo que sí que será verdaderamente extraordinario. Con mi flecha voy a partir por la mitad la de Charles y la haré añicos, sobre los cuales firmaré autógrafos gustosamente. Luego liberaré a los siervos del lord de su cruel servidumbre. Nos esconderemos en los bosques y desde allí lucharemos contra el opresor. Seré el líder del movimiento liberador. A partir de ahora, mi nombre será Kai Hood, ¡el intrépido vengador de los oprimidos!

Con un esfuerzo sobrehumano, consigo tensar el arco, así que mejor me voy olvidando de tener buena puntería. Me tiembla todo el cuerpo del esfuerzo que he hecho y, sin querer, estoy transmitiendo ese temblor a la flecha. Cierro los ojos y disparo sin más.

La flecha ondea en el aire como si de una paloma borracha se tratara. Planea lejos, muy lejos de la diana y acaba aterrizando en algún punto del bosquecillo que hay detrás de esta.

Nadie celebra mi hazaña lanzando el sombrero al aire. Todo está en silencio, a excepción de un leve piar en la lejanía, seguido de un chasquido corto, como si algo en el bosque hubiese caído al suelo.

Hamlet planta las orejas y olfatea el aire con su hocico húmedo y negro. Por un momento, permanece sentado como si fuera de piedra. Pero, acto seguido, empieza a correr por el prado y pasa de largo la diana, en dirección al bosque. Da un ladrido corto y emprende el camino de vuelta.

Entre los dientes, lleva un pájaro muerto. Una flecha ha atravesado al animal justo por el medio de su cuerpo, y mucho me temo que esa flecha sea la mía.

Hamlet deja el pájaro a los pies del pequeño lord.

–Una avutarda –explica el engreído esnob, como si yo no lo supiera a simple vista–. Son muy difíciles de encontrar. En realidad, están en peligro de extinción. No sabía yo que por aquí hubiera alguna. Aunque ahora ya no la hay.

–Pobre pájaro –suspira Lena acariciándole suavemente el plumaje.

Pienso que los faisanes del *picnic* de ayer no le dieron ninguna lástima, pero no me atrevo a decírselo.

–Haré que lo disequen –dice el pequeño lord después de un rato, mirándome duramente–. Por lo menos así no habrá muerto en vano.

–No lo he hecho adrede. No soy tan bueno con el arco. Seguro que si hubiese apuntado a la avutarda le habría dado a la diana –intento defenderme.

Pero nadie me escucha. El mayordomo coge el ave y la lleva al castillo. Lena, Charles y Hamlet le siguen, como si fuera un cortejo fúnebre.

Poco después, la multitud que se había apelotonado alrededor de nosotros se dispersa, y yo me quedo solo con mi mala conciencia y con Coolman.

–¡Tío! ¿Qué te pasa?

–¡Colega! ¿Por qué tienes ese careto?

Alex y Justin se acercan a mí. Los dos llevan puesta una falda a cuadros y parecen... cómo lo diría... más raros aún de lo que ya son.

–¿De qué vais disfrazados? –les pregunto, porque no tengo ganas de contarles mi desafortunada cacería.

–Son *kilt*, auténticas faldas escocesas, tío –me aclara Alex–. Te las dan en un puesto de por allá.

–Son superprácticas –añade Justin–. No necesitas bajarte ninguna cremallera para mear. Ya sabes, a veces uno no llega a tiempo y...

–¿Sabéis a qué hora comienza la competición? –le interrumpo, porque no tengo ningún interés en conocer sus problemas urinarios.

–No falta mucho. ¡Empieza en diez minutos!

–Acabamos de ver que Lena, Justin, tú y yo estamos en el mismo bote.

Lena ya está esperándonos cuando llegamos al foso. No parece muy contenta de que nos haya tocado ir juntos, pero estoy seguro de que es por Alex y Justin, y de que no tiene nada que ver conmigo.

En el pequeño muelle que hay antes del puente levadizo, ya hay preparados dos botes, uno para nosotros y otro para los ingleses. Como el foso es tan estrecho, solo caben dos botes a la vez. El pequeño lord ya está a bordo con el resto del equipo, dos chicos y una chica. Los chicos están sentados al revés, de manera que no pueden ver hacia dónde irán cuando empiecen a remar. Verdaderamente penoso. Por un momento, pienso si no sería más justo explicarles a los ingleses el error que han cometido al sentarse. Sea como sea, nosotros nos sentamos como toca, todos mirando hacia delante. Y no resulta nada fácil porque, al subirnos, el bote empieza a balancearse de un lado al otro.

–¡Escuchadme bien, mis valientes guerreros del mar! –me dirijo a mi equipo, una vez que hemos conseguido sentarnos–. Aplastaremos a estos arrogantes ingleses. Los hundiremos. Los...

–Pero ¿de qué estás hablando, Kai? –me interrumpe Lena de malas maneras–. ¡Esto es una regata de remo, y no una guerra!

–Eso de aplastarlos suena pero que muy bien –grita Justin emocionado.

–¡Pues claro que los hundiremos, tío! –se une Alex, golpeando el agua asquerosa con el remo, con tan mala pata que unas gotas gordas acaban aterrizando en el mono blanco del pequeño lord y dejándole unas manchas marrones muy feas.

Los dos están ansiosos por empezar y eso es muy bueno.

Estoy harto de que el pequeño lord me deje en ridículo. Pero esta vez sabrá lo que es bueno. Estoy impaciente por oír el disparo de salida.

Yo ya había pensado en una táctica parecida. Antes de que empiece la carrera, el mayordomo explica brevemente las reglas.

–Tenemos que darle la vuelta al castillo una vez –nos traduce Lena–. El primero que llegue al puente levadizo gana.

–Tío, pero podemos abordar al enemigo, ¿no? –pregunta Alex.

–Me temo que no –le respondo.

–¿En serio? ¿Y qué me dices de embestirlo?

–¡Ni lo intentes! –replica Lena fulminando a Justin con la mirada.

Por un momento temo que salgan del bote, porque para ellos una regata sin abordajes ni embestidas no tiene sentido. Pero no les da tiempo porque acaba de sonar la señal de salida. Con un par de paladas enérgicas, los ingleses salen disparados por encima del agua.

Parece como si nos hubiesen espiado y hubiesen copiado la atrevida táctica de Coolman.

Aunque no necesitan esforzarse mucho para seguirla, porque nuestro bote no avanza ni un ápice. ¿Acaso estaremos nosotros mal sentados?

¿Acaso se remará más rápido hacia detrás que hacia delante?

¿Acaso el mundo es plano?

¿Cómo puedo responder a todo esto?

Mi experiencia con el mundo de la navegación se limita a media hora en patinete por el mar y al viaje en el ferri, que lo pasé entero durmiendo.

–¡Izquierda! ¡Ahora derecha! ¡Eso no es la derecha, Alex! El otro lado es la derecha –Lena intenta guiarnos por el foso.

Nuestros remos se enganchan continuamente entre ellos. Además, Alex y Justin solo pueden remar con una mano porque con la otra tienen que aguantarse la falda para que los espectadores que están en las orillas no les vean los calzoncillos. Y yo, como capitán del barco, me alegro sobremanera de que por lo menos lleven puesta ropa interior.

Aunque nos resulta imposible alcanzar a los ingleses, nuestro espíritu deportivo nos obliga a remar hasta el final y no tirar la toalla a la primera de cambio.

¡En efecto! A pesar de nuestro ritmo de tortuga, la distancia con los ingleses se acorta de repente. Si mis ojos no me engañan, su bote está más hundido que al comienzo de la regata. Mientras los adelantamos, veo el porqué. Tienen un agujero en el casco y el bote se está llenando de agua. Al pequeño lord le llega ya el agua sucia por el pecho. Y es solo cuestión de tiempo que se hundan por completo.

Una vez leí que, en las batallas navales, los marineros de los barcos hundidos son tomados como rehenes. Pero primero, esto de aquí no es una batalla –ya lo ha dicho Lena–, y segundo, no exageremos porque el foso tampoco es tan profundo.

–¿Quién está a favor de que los rescatemos? –pregunto para que lo decida mi equipo.

El resultado es 4 a 1, porque naturalmente el voto de Coolman también cuenta, por lo que Lena queda en clara minoría. Así que seguimos remando hacia nuestra victoria, con tranquilidad y sin peligro alguno, entre patos curiosos y orgullosos cisnes.

Cuando llegamos al puente levadizo, el pequeño lord y su equipo ya están allí. Como hemos sido tan lentos, han tenido tiempo suficiente de remolcar el bote hasta la salida por un camino de tierra paralelo al foso. Están esperándonos y seguro que no es para felicitarnos por nuestro triunfo.

–¡Sabotaje! –grita el pequeño lord ya a lo lejos, apuntando a un agujero del tamaño de un puño en el suelo del casco. A esto le sigue una retahíla de insultos en inglés que, por suerte, no comprendo.

A Charles le rodean una docena de siervos furiosos. Van armados con bates de críquet y parecen tan enfadados como su deslenguado opresor.

Alex y Justin reaccionan de la manera más razonable posible. Se tiran al agua, van hacia la orilla y huyen despavoridos, tan rápido como les permiten las faldas mojadas que les llegan por las rodillas.

Pienso que esta reacción se puede interpretar como una confesión. Y como no creo que los ingleses se traguen que yo no tenía ni idea de lo del agujero, salto del barco y corro detrás de ellos.

–¡Soy inocente! ¡Tienes que creerme! –le grito a Lena mientras subo el desnivel de la orilla, para después seguir los pasos de mis compañeros.

Tal y como lo veo, las relaciones entre Inglaterra y nuestro país tardarán años en normalizarse. Mientras tanto, no me quedará otra que buscarme la vida en los bosques, junto con Alex y Justin, y vivir allá como un proscrito.

8
La hora de los fantasmas

Después de dos horas, Alex y Justin se dan por vencidos. En el bosque hace frío, hay mucha humedad y para comer no hay más que un par de bellotas. Además, quieren deshacerse de las faldas porque les molesta el roce entre los muslos. En cuanto oyen la gaita de Harvey entonar a lo lejos la canción que marca la hora de irse a la cama, los dos emprenden el camino de vuelta a casa.

¡Pero yo no! Todavía me queda algo importante por aclarar. Antes de marcharse, me enseñan dónde está la entrada al túnel secreto. Desde fuera casi ni se ve. El agujero está perfectamente camuflado detrás de un avellano, y no es más grande que una tapa de alcantarilla. Antes, la gente debía ser muchísimo más pequeña que ahora, si utilizaban esta entrada como puerta de paso común.

Encuentro un sitio relativamente seco debajo de una haya. Esperaré aquí hasta que se haga de noche. Después entraré en el castillo a hurtadillas y buscaré el sombrero del héroe marino, para poder demostrar que Charles no es más que un miserable embustero.

Es lo único que puedo hacer para acabar de una vez por todas con el tonto entusiasmo que Lena siente por el pequeño lord.

Mordisqueo un par de bellotas –por fin un poco de variedad en mi dieta a base de queso– y escucho los ruidos del bosque. Hamlet ladra en el castillo y cerca de aquí se oye a un mochuelo. Oigo un ruido extraño y de repente veo pasar a una docena de pájaros grandes por el camino que tengo justo en frente. Si alargara el brazo podría tocarlos. Pero no lo hago. No muevo ni una pestaña para no ahuyentarlos. Son igualitos al pobre pájaro que he matado con mi flecha, incluso tienen la misma pluma en la cola.

Cada vez salen más avutardas de los matorrales. Parece como si fueran a hacer aquí su reunión anual.

¡Con que en peligro de extinción!

Seguro que eso lo ha dicho el pequeño lord solo para dar más pena a Lena.

¡Me las pagará todas juntas ese creído!

Conmigo que no cuente. No soy tan tonto como para batirme en duelo otra vez con el pequeño lord. No es que piense que no tengo ninguna oportunidad de ganarle. Pero ¿para qué correr el riesgo de volver a perder contra él?

Esta vez no me dejaré enredar por los consejos de Coolman. Esta vez iré por mi propio camino y, al final de este, el pequeño lord será más pequeño aún de lo que ya es.

¡Me muero de ganas de que pase todo!

Las avutardas continúan su camino, desapareciendo detrás de un matorral. Les susurro un sincero «¡Siento mucho lo ocurrido!». Para mi alivio, no parecen haberse tomado a mal mi nefasta puntería. Tal vez el pájaro que cacé era un creído insoportable, como el pequeño lord, y por eso a sus compañeros no les entristece que pronto esté disecado encima de una chimenea del castillo.

Cuando ya no queda ninguna avutarda por el camino, miro qué hora es. Falta poco para las once y media. Hora de ponerse en marcha. Respiro hondo y me pongo a cuatro patas para poder pasar por el agujero. Empiezo a cantar bajito para espantar a las ratas que pueda haber.

¡Oh Lena! Quiero que seas mi nena.
¡Me encanta tu melena!
Nuestro amor duró muy poco,
y mi corazón es ahora un moco.

No se me ha ocurrido nada mejor, pero un ruidito delante de mí me indica que mi táctica ha funcionado.

No me gusta reconocerlo, pero me alegro de tener a Coolman a mi lado en estos momentos. Vale, te pone de los nervios, y admito que sus consejos solo salen bien en rarísimas ocasiones, pero aun así siempre está conmigo. Siempre.

Después de media hora, me duelen las rodillas.

Por suerte, parece que ya estoy cerca del final del túnel. Ahora mismo estoy a la altura del foso. Lo sé porque cada vez me cae más agua del techo.

Después de unos minutos, por fin lo he conseguido. Estoy en el sótano del castillo, dispuesto a subir hacia el piso de arriba. Cuando llego al descansillo, aguzo el oído hacia la oscuridad de la sala de caballeros.

Todo está en absoluto silencio y mi Plan de los Cuatro Puntos, que tan inteligentemente he ideado, va sobre ruedas:

Punto 1: Esperar, hasta que fuera de noche.

¡Conseguido!

Punto 2: Colarme por el pasadizo secreto.

¡Conseguido!

Punto 3: Salir del sótano y pasar por la sala de caballeros sin hacer ruido.

¡Conseguido!

Punto 4: Encontrar el sombrero del almirante Nelson.

¡Pronto lo conseguiré!

Los puntos del uno al tres han sido un juego de niños. Pero el punto cuatro es algo más difícil porque no tengo ni idea de dónde buscar el dichoso sombrerito.

Seguro que el pequeño lord no lo tiene guardado en una nueva vitrina, sino que lo habrá escondido en algún sitio. Y no tengo ni idea de dónde puede estar.

En algún lugar del castillo, un reloj de pie marca las doce de la noche, y eso significa que me quedan unas cinco horas antes de que el mayordomo se levante y prepare el desayuno a sus señores.

Tiene sentido. Aunque venga de Coolman. Yo habría hecho lo mismo. Entre los otros sombreros, el gorrito de Nelson pasará más desapercibido.

Enciendo mi Máquina de Deducciones Infalibles: los armarios están dentro de los dormitorios, o por lo menos así es en nuestro país; esperemos que en Inglaterra también sea así. Lena me ha contado que desde su habitación ve todo el pueblo. Por tanto, los dormitorios deben estar en lo alto del torreón.

A lo largo de la escalera hay retratos colgados de toda la familia. La estirpe del pequeño lord parece remontarse más siglos atrás que la de su perro de caza. Algunos cuadros parecen muy viejos y, si en la Edad de Piedra ya se hubiese pintado sobre lienzo, seguro que aquí habría un retrato con algún Neandertal. No me sorprendería en absoluto y explicaría muchas cosas.

La escalera termina en un pasillo donde hay dos puertas. Detrás de la primera no se oye nada, y de la segunda sale un ronquido atronador.

Me apuesto lo que queráis a que detrás de la segunda duerme el pequeño lord, ya que:

1. Lena no ronca. De eso estoy seguro.
2. El pobre mayordomo seguro que tiene que dormir en la cocina, encadenado al hornillo, encima de un puñado de paja que solo cambian cada cuatro semanas.

Enormemente impresionado por mi capacidad de deducción, abro la puerta de la habitación. El pequeño lord duerme en una cama con dosel y se ha echado la manta por encima de la cabeza, por lo que solo reconozco su silueta.

Ronca más fuerte que Alex y Justin juntos, y no deja de sorprenderme cómo alguien puede dormir con la conciencia tan sucia.

De puntillas me acerco al armario, cuyas puertas están sobrecargadas con adornos tallados en la madera. La luz de la luna que se cuela por un hueco entre las nubes me permite reconocer entre las figuras de madera a un caballero que acaba de cortarle la cabeza a un dragón. Me giro hacia Charles. Tal vez el asesino de dragones sea uno de sus antepasados. El pequeño lord es todavía más embustero de lo que yo pensaba: me echa en cara la involuntaria muerte de un pájaro, del que hay millones en el bosque, mientras su familia es la responsable de haber exterminado los dragones en toda Europa occidental.

¡AYUDA! Estoy rodeado de asesinos sin escrúpulos. Mejor será que me largue de aquí lo más rápido posible, antes de que el asesino junior de dragones se despierte y, siguiendo una tradición familiar, me corte la cabeza a mí por estar escudriñándole el armario.

En un primer vistazo, no veo el sombrero de Nelson por ningún lado. Solo encuentro vestidos de verano fresquitos, algunas faldas, camisetas de color rosa y pantalones con corazoncitos bordados. No puedo evitar sonreír al imaginarme al pequeño lord con un vestidito rojo con lunares blancos que acabo de sacar del armario. Seguramente, en un país donde los hombres llevan falda, esto es también de lo más normal.

Pero sombreros no veo ninguno. Tampoco hay trajes caros. En realidad, no hay ropa de chico. Una terrible sospecha crece en mi interior. Y si... De repente, alguien chilla detrás de mí.

Desafortunadamente, no es el pequeño lord.

Por desgracia, tampoco es el mayordomo.

Y, sintiéndolo mucho, tampoco es la voz de Coolman.

¡¡¡Es la de Lena!!!

Está sentada en la cama y me mira con los ojos como platos, como si yo fuera el fantasma de alguno de los retratos de la escalera.

–¡Shhh! Soy yo, ¡Kai! ¡Por favor, no grites! –le suplico poniéndome el dedo índice delante de la boca.

–¿Kai? ¿Qué haces tú en mi habitación? –su voz ha bajado de volumen, aunque para mi gusto es todavía demasiado alta.

–¿Se puede saber qué haces mirando entre mi ropa? –me mira Lena desconfiada. Yo, en su lugar, probablemente habría hecho lo mismo. Hago una bola con el vestido que tengo todavía entre las manos y, a toda prisa, lo devuelvo al armario.

–¡Nada! ¡Nada de nada! ¡Absolutamente nada! Continúa durmiendo tranquilamente, como si yo no estuviera aquí.

–¡Ni pensarlo ni soñarlo! ¿Y? ¿Vas a decirme qué haces aquí?

El tema este del amor no me gusta nada. Además, no tengo buenos recuerdos de *Romeo y Julieta.* Mis padres representaron esta obra en el teatro de nuestra ciudad y… en fin, esto es otra historia.

Pero ¿qué alternativa me queda? ¿La verdad?

Sin ninguna prueba, Lena no se creerá jamás que su pequeño lord es en realidad un sinvergüenza, estafador y mentiroso.

–Yo... yo... yo... –empiezo a tartamudear–. Estoy aquí porque... porque... bueno, igual que Romeo y Julieta.

–¿Romeo y Julieta? –Lena me mira fijamente, como si estuviera chiflado–. ¡Romeo se quedaba todas las noches debajo del balcón de Julieta! ¡No se metía en su habitación!

1-0 para Lena.

–¡¿Como Rapunzel?! –lo intento de nuevo.

–¡El príncipe la esperaba debajo del torreón y seguro que no hurgaba entre sus cosas! Así que, ¿qué pretendes con todo esto?

2-0 para ella.

No tengo nada que perder, así que puedo intentarlo con la verdad, a ver qué pasa.

–Estoy buscando el sombrero de ese tal Nelson.

–¿El sombrero de Nelson? ¡Pero si lo robaron!

–Eso no es del todo cierto. Charles lo ha escondido en algún lugar de este castillo con la intención de cobrar la prima del seguro. Lo sé de buena tinta. Solo necesito una prueba.

Lena empieza a reírse tan fuerte que su risa resuena por todo el castillo.

–No tan alto. ¡Por favor! –le suplico.

–Reconoce que has venido hasta aquí solamente porque querías pedirme perdón. Para eso, no necesitas inventarte una historieta tan estúpida.

¿¿¿???

¿Entendéis algo? Yo tampoco.

Primero le cuento una mentira. Y ella no se la cree.

Después le digo la verdad. Y ella no solo no se la cree, sino que además me exige que vuelva a contarle la primera mentira.

Antes de que pueda responderle a Lena, oigo al pequeño lord y los ladridos de Hamlet en el pasillo.

–¿Todo en orden, Lena? –grita el lord, claro está, no Hamlet.

Gracias a la cortesía británica de Charles, la cual le impide entrar en una habitación de una chica sin su permiso, tengo unos segundos para responder a una cuestión decisiva:

¿Cómo salgo de aquí?

Justo ahora Coolman tiene el pico cerrado, en vez de darme uno de sus consejos locos. Y, en este caso, cuanto más loco mejor, porque con cordura y lógica seguro que no salgo de esta. Lo que necesito es una idea chiflada.

Una auténtica idea-Coolman.

El pequeño lord continúa detrás de la puerta esperando a que Lena le dé permiso para entrar, cuando, de repente, el reloj de la sala de caballeros marca la una de la noche: el final de la hora de los fantasmas. Y con la campanada me llega justo lo que necesito: la idea estúpida que me salvará de esta.

Pillo de un zarpazo la colcha blanca de la cama de Lena, me la pongo por encima de la cabeza y empiezo a gritar, tan alto como puedo:

–¡Uuuh, uhhh, uuuhhuhuhu!

Lena me sigue el juego. Empieza a bramar tan alto como puede y lo borda.

Cubierto por completo con la colcha, corro hacia la puerta y la abro de par en par. Delante de mí está el pequeño lord con Hamlet atado a una correa. El perro empieza a gruñir, como si me hubiera reconocido. Y probablemente sea así, pero me da igual. Lo que importa es que el pequeño lord no me reconozca.

Por lo que parece, no tengo por qué preocuparme. Blanco como la pared, Charles da un paso hacia atrás y murmulla:

–¡Ha vuelto! ¡La condesa ahogada ha vuelto!

Me hubiese extrañado mucho que en este castillo no rondara ningún fantasma de algún antepasado suyo.

El pequeño lord da media vuelta y echa a correr por el pasillo para encerrarse a cal y canto en su habitación. Pero Hamlet no se deja intimidar tan fácilmente y muerde uno de los extremos de la colcha.

El animal tira de un lado y yo, del otro.

–¡Quieto! ¡Basta! ¡Fus! –le digo entre dientes, pero no le impresiona en absoluto.

–*¡Sit!* –grita Lena desde la cama y, efectivamente, Hamlet suelta la colcha y se sienta delante de mí la mar de obediente.

Ya se me podría haber ocurrido a mí que este bicho estúpido solo entiende inglés.

–¡Gracias! –le digo a Lena, y salgo pitando por las escaleras.

En la sala de los caballeros me cruzo con el mayordomo. En cuanto me ve, se santigua y musita:

–*¡Oh my God! ¡She's back!*

Me encantaría saber a quién se refieren exactamente, pero ahora no tengo tiempo para historietas de fantasmas. El camino está despejado, así que me marcho hacia el sótano con mi «¡Uuuh, uhhh, uuuhhuhuhu!». Arrastrándome por el túnel, llego por fin al bosque.

Aunque no haya encontrado el sombrero de Nelson, estoy contento porque:

1. Le he dado un susto de muerte a Coolman,
2. le he dado un susto de muerte al pequeño lord,
3. Lena ha visto cómo le he dado un susto de muerte al pequeño lord, y
4. el mayordomo no duerme encadenado al hornillo, tal y como me había imaginado.

Ahora mismo me siento un poquito como Romeo. Aunque sin balcón. Sobre todo porque Lena no me ha delatado. Me ha seguido el rollo del fantasma. Y no tenía por qué. Aun así, lo ha hecho y eso es muy buena señal, pienso mientras voy de camino a mi litera, para dormir aunque solo sea un par de horas.

9
Por fin el auténtico Londres

Los días siguientes transcurren sin muchos incidentes. Desde el desafortunado percance de la competición de remo, las relaciones entre los británicos y nosotros se han vuelto un tanto tensas. Para ser más exactos: los ingleses no nos dirigen la palabra. Aunque, mirándolo bien, no importa porque no entiendo nada del dialecto tan raro que hablan.

A Lena solo la veo en las clases, porque después está demasiado ocupada cuidando del pequeño lord. Charles está de los nervios desde que se le apareció el espíritu de no sé qué condesa. Tengo un poco de mala conciencia. Pero tampoco mucha.

Alex y Justin han ampliado al campo de las ovejas sus experimentos con gomas elásticas, aunque sin resultados dignos de mención, por el momento; sin tener en cuenta que todas las tiendas del pueblo han agotado sus existencias de cualquier producto de goma.

Así veo pasar mis vacaciones, con la gaita de Harvey como banda sonora, mientras me zampo mis provisiones de queso y espero a que llegue el día en el que por fin pueda volver a casa. Lo único que diferencia unos días de otros es el espesor de la niebla y el tamaño de las gotas de lluvia.

Os propongo algo: antes de que os aburráis tanto como yo, mejor nos saltamos el relato de los diez días siguientes y pasamos directamente al día en el que vuelve a ocurrir algo emocionante.

Buena elección. Le doy al *fast forward.*

Han pasado diez días, es viernes por la mañana, para ser más exactos, y mañana por fin nos vamos a casa. Para terminar, nuestro guía turístico, que reapareció ayer por sorpresa, nos ha preparado algo especial: vamos a pasar el día a Londres. Bueno, al auténtico Londres. Vamos a visitar la *city* de verdad, no solo un suburbio de extrarradio.

O, al menos, eso es lo que nos han prometido.

Alex y Justin no se vienen con nosotros.

–Tío, ¿y qué vamos a hacer allá? Si ya conocemos Londres y tampoco es muy grande –ha dicho Alex, apuntando con el dedo a la única calle de nuestro pueblo.

–Además, estamos a punto de hacer rebotar a nuestra primera oveja –ha añadido Justin–. Si encuentras en algún sitio gomas elásticas, tráenos unas cuantas, que por aquí ya no quedan.

Dejémoslos tranquilos: y, si consiguen algún resultado, mejor para ellos.

Coolman está celoso. Así que mejor no le digo que Lena sí que se apunta a la excursión a Londres.

Y viene sola.

El pequeño lord no tiene tiempo para paseítos. Si lo he entendido bien, hoy tiene que grabar junto a *Coldplay* una nueva canción en un estudio, después tiene que ganar una final de no sé qué campeonato con su equipo de fútbol, y por la tarde ha de recoger del aeropuerto a un bebé gorila, que ha sido repudiado por su comunidad, para llevarlo al zoo más cercano. Por supuesto, ha sido el propio Charles el que ha organizado todo el plan de rescate del bebé gorila por Internet.

¡Cómo lo odio!

Esta vez no le doy ningún CD al conductor cuando subo al autobús. Ni siquiera he traído ninguno para no correr riesgos. Solo he cogido un par de cosas que me podrían ser útiles en Londres.

Quién sabe.

Lena ya ha cogido sitio. Está sentada junto a la ventana. Y el asiento de al lado no está ocupado.

–¿Está libre? –le pregunto.

–¿Ves a alguien sentado? Porque yo no veo a nadie –me responde–. ¿O acaso crees que me ronda algún hombre invisible?

No lo ha dicho con mala intención; solo como respuesta a una pregunta un tanto estúpida. Es imposible que sepa lo de Coolman y, además, es culpa mía por no haber pensado en una mejor forma de entablar conversación.

–Pues claro que no. Los hombres invisibles no existen –murmullo, mientras me siento a su lado.

Durante el viaje, Lena observa las gotas de lluvia que caen sobre la ventana. Yo, en cambio, miro al frente. Si mirara hacia la ventana, parecería que no le quito ojo a Lena. Así que mejor miro al cenicero del asiento que tengo delante, mientras pienso en algo que pueda decirle. Algo que no sea una tontería.

–¿Quién es en realidad la condesa atormentada? –le pregunto después de una hora y pico, cuando estamos ya en las afueras de Londres.

Lena se gira hacia mí y sonriendo me dice:

–Bueno, has tardado lo tuyo en abrir la boca.

Luego me cuenta que la condesa en cuestión es la tatarabuela del pequeño lord, que se les aparece desde hace doscientos años porque su alma no encuentra la paz.

–¿Y por qué no?

–Porque alguien preparó un *picnic* no sé dónde y no la invitaron.

–¿Y?

–Y eso es todo. Desde su muerte, su alma erra en pena, paseando su humillación por todo el castillo.

No sé cómo os sentiréis vosotros ahora mismo, pero yo estoy un tanto decepcionado con la historia. Me esperaba otra cosa. Algo más sangriento y más cruel. Algo más fantasmagórico.

Ya en Londres, el autobusero nos deja en una plaza muy grande que se llama Piccadilly Circus, aunque cabe decir que no hay ninguna carpa de circo por ningún lado. Tenemos cuatro horas por delante, antes de volver de nuevo al autobús.

El grupo del guía turístico quiere ir a Madame Tussauds para ver a las *celebrities*. Bueno, no famosos de verdad, sino copias de famosos; muñecos de cera que supuestamente se parecen a los famosos. He hojeado el folleto del museo y no se parecen en nada a las personas a las que representan. David Beckham y Shakira solo se diferencian por el vestido que lleva Shakira. ¿O era Beckham el que llevaba el vestido?

De todos modos, Lena tiene otros planes.

–Le prometí a mi madre que fotografiaría la fuente en memoria de Lady Diana que hay en el Hyde Park, y que echaría una moneda por ella –me cuenta mirándome como si diera por supuesto que la acompañaré en esto.

Su promesa me hace recordar la que yo hice. Llevo la carta de Adolf Schmitz en el bolsillo y no volveré a estar nunca más tan cerca de la reina como hoy. Pero hay tiempo de sobra.

Así que primero me voy con Lena a Hyde Park. Tiene un mapa de la ciudad que le ha regalado el pequeño lord. Le ha marcado todos los sitios importantes donde él ha estado alguna vez, de modo que, como hay tantas crucecitas rojas, apenas se pueden leer los nombres de las calles.

Me hace ruido el estómago. Pero, por suerte, hay tanto tráfico que casi ni se oye. Ayer me terminé el último trocito de queso.

¡Tengo hambre!

Coolman no tiene ni idea de lo caro que es Londres. Lo he podido comprobar en los restaurantes que hemos ido pasando. Aunque la idea no está nada mal. Pero no tiene por qué ser bogavante o ancas de ranas. La pizza también valdría, pero aquí también cuesta un pastón. No me lo puedo permitir, incluso en el caso de que Lena y yo nos partiéramos una para los dos.

Mi padre invitó a comer a mi madre en su primera cita. Él tenía la esperanza de que ella se pidiera solo una ensalada. Por el tema de las calorías. Pero no lo hizo. Mi madre se pidió casi todo lo que había en la carta. Al final, mi padre se quedó sin dinero y no le pudo dejar propina al camarero. Y eso que el pobre se había pasado todo el tiempo llevando platos de aquí para allá.

Tres sabios consejos que me ha dado mi padre en esta vida:

1. Invita a comer a una chica solo cuando esté a dieta.
2. Si no lo está, con una hamburguesa y patatas fritas va que chuta. Si te quiere de verdad, no le importará.
3. Pero cuidado: evita sitios con nombres como El Club del Sibarita, El Paraíso del Sibarita o El Mundo de los Sibaritas.

–¿Qué es lo que llevas en esa bolsa? –interrumpe Lena mis pensamientos, señalando con el dedo la bolsa de plástico que he traído conmigo.

–¿Esto? ¡No es nada! Solo son un par de trastos viejos –le respondo echando balones fuera–. Por cierto, ¿no estarás en estos momentos a dieta?

–¡Eres un idiota! –me dice Lena enfadada–. ¿Acaso crees que lo necesito?

–No, no. Para nada –le contesto rápidamente–. Solo lo pregunto porque me gustaría invitarte a comer. Y sería una lástima que no pudieras comer nada por estar a dieta... cosa totalmente innecesaria, a la vista está.

Con esto he vuelto a dar otra vez en el clavo y, como recompensa, Lena me regala una sonrisa.

–El pequeño lord no me ha invitado ni una vez a comer. Creo que es un poco tacaño.

¡Bingo! Por dentro estoy dando saltos de alegría pero, por descontado, no dejo que se note por fuera. Aquí tenemos otra prueba más de que el impostor está sin blanca y que, con el dinero de la prima del seguro del sombrero de Nelson, quiere sanear sus cuentas.

–A mí me encanta el *sushi* –dice Lena–. ¿Y a ti?

–También, pero por desgracia soy alérgico al pescado crudo –me salgo por la tangente porque el *sushi* también es muy caro–. Pero ¿qué me dices del puesto de ahí delante? –señalo un puesto de *Fish and Chips* que hay en la acera de enfrente, que es lo suficientemente mugriento como para que me lo pueda permitir.

Lena pone cara de asco. Tal vez sea por el olor a aceite recalentado que llega hasta nosotros. El puesto se llama Chez Gourmet, así que vamos por buen camino porque la palabra *sibarita* no aparece por ninguna parte.

Ya me lo podría haber dicho antes. Ahora ya no hay vuelta atrás. Lena y yo estamos en el puesto, intentando pedir dos raciones de *Fish and Chips*. No son más que porciones de pescado frito acompañadas de patatas fritas, y en Inglaterra esta comida es tan popular como el kebab por toda Europa.

El vendedor me pregunta algo que no entiendo.

Yo asiento con la cabeza.

Lena niega con la cabeza.

Aunque el aceite huela tan rancio que parece que no lo hayan cambiado desde hace diez años, me alegro un montón de comer patatas fritas. Esto es mucho mejor que el bogavante o las ancas de rana, y además es mi primera comida de verdad después de casi dos semanas alimentándome a base de queso.

El vendedor le da a Lena su ración en una bolsa de papel grasienta. Después, acaba de preparar mis patatas fritas. Antes de dármelas, coge una botella de plástico y les echa por encima un líquido que huele como a agrio. Huele como... como... como... ¡¡¡vinagre!!!

–Me parece fantástico que te comas las patatas con vinagre, igualito que un auténtico inglés. Me encanta que la gente se adapte a las costumbres del país que visita. Pero desgraciadamente a mí no me gusta el vinagre; si no, le habría dicho que me pusiera a mí también –me dice Lena, por lo que, después de esto, no puedo confesarle que ha sido todo un desafortunado malentendido.

Con vinagre, las patatas fritas saben peor aún que el pastel de carne de comida de gato de Margaret.

Cuando llegamos a Hyde Park, me encuentro fatal por culpa del vinagre.

En la entrada del parque hay un quiosco con *souvenirs* y, un par de metros más allá, unas cuantas personas soltando un rollo subidas encima de unas cajas.

–Mira, allá hay un *Speaker's Corner* –me explica Lena–. Eso aparecía en nuestro libro de inglés. Cualquiera que lo desee, puede subirse a una caja y dar un discurso.

Lena se va al quiosco. A mí ya no me queda dinero para *souvenirs*; me gasté mi última libra con los *Fish and Chips*. Así que me voy a fisgonear entre los charlatanes.

La mayoría de ellos son hombres viejos, pero también me encuentro con una chica que está descalza, lleva un vestido largo de colores y tiene una cadena de flores en su melena pelirroja. Habla nuestro idioma y no parece importarle que nadie más, aparte de mí, entienda una palabra de lo que está diciendo. Su discurso es un poco confuso y habla de amor, paz y chorradas varias.

No sé por qué, pero esa chica me resulta un tanto familiar. Y parece ser que yo también le soy familiar porque me está saludando con la mano y acaba de bajarse del cajón.

–¡*Peace*, Kai! ¡*Peace*! –grita mientras se acerca a mí.

–¿Anti? –grito sorprendido.

–¡Llámame Opti, hermano! –me responde Anti, bueno, Opti.

–¿Opti?

–Es la abreviatura de optimista –me explica con una sonrisa en la boca.

Después me cuenta cómo le ha ido últimamente. Al llegar a Londres, conoció a unos cuantos *hippies* en Hyde Park, que la convencieron de lo bonita que puede ser la vida y de que la paz mundial sería posible si todos creyéramos firmemente en ella. Que eso también vale contra las catástrofes naturales y los retrasos en los trenes. Incluso se puede volar, sin avión, claro está, única y exclusivamente con la fuerza de nuestra propia voluntad.

No problem, es la premisa principal de los nuevos amigos de Anti, ejem, de Opti.

Si me preguntáis mi opinión, estos tíos están completamente zumbados. O consumen substancias ilegales todo el día. O las dos cosas a la vez. Una vez, por Navidad, deseé firmemente que me regalaran un hámster, pero me trajeron una caja de Lego. Si su teoría no funciona con cosas pequeñas –y mira que un hámster es pequeño–, ¿cómo va a funcionar con la paz mundial?

Opti me sigue contando que estos *hippies* han cambiado su vida por completo. Ahora vive con ellos en un campamento aquí en el parque, canta cánticos de paz y medita el resto del día. De ahí su nuevo *look* y su cabello teñido de rojo.

–Es mucho más positivo que el negro que siempre llevaba encima –me explica, y vuelve a sonreír llena de felicidad–. ¡La vida es maravillosa! ¡*Peace*!

No recuerdo cuándo fue la última vez que vi sonreír dos veces seguidas a mi hermana. Vale que tampoco la hubiera visto, porque hasta ahora llevaba el pelo echado hacia delante tapándole toda la cara. Pero, aun así, no estoy seguro de que la nueva y feliz Opti me guste más que la vieja Anti.

–¿Te volverás mañana con nosotros a casa? ¿O te quedarás aquí a vivir? –le pregunto mientras pienso cómo se lo diré a mis padres, en el caso de que decida quedarse.

Querida mamá y querido papá:

Primero la buena noticia: Anti se llama ahora Opti y su fase negra por fin ha terminado.

Ahora la mala: se ha vuelto completamente majareta, vive con unos hippies *en un parque de Londres y se dedica en cuerpo y alma a salvar al mundo con el poder de sus pensamientos.*

–Pues claro que me vuelvo con vosotros. Los habitantes de nuestro país necesitan urgentemente mis mensajes llenos de positivismo –contesta Opti–. Además, me muero por ducharme de nuevo. ¿Cuándo os volvéis al pueblo?

–Dentro de dos horas –le respondo.

–Bien, pues nos vemos en el autobús. ¡Voy a despedirme rápidamente de los otros! ¡*Peace*! –me dice Opti mientras se marcha. Después de haber recorrido unos metros, se gira de nuevo y me pregunta:

–Por cierto, ¿qué llevas en esa bolsa?

–Solo un par de cosas para cambiarme, en el caso de que llueva y me moje –le contesto.

–Un chico muy inteligente –añade Opti y desaparece en el parque.

–¿Vamos a la fuente en memoria de Lady Diana?

Lena ha terminado de hacer sus compras y me toca el hombro por detrás. No la he visto llegar porque no puedo quitarle el ojo a la completamente renovada Anti, perdón, Opti.

–Lo siento, no puedo. Tengo que ocuparme de un asunto importante –le contesto a Lena.

–¿Sí? ¿Y qué es tan importante que te impide acompañarme? –me pregunta mirándome sombría.

Le contaré la verdad. Lo entenderá. Seguro que lo entenderá.

–Tengo que entregarle una carta de amor a la *Queen*. Es de parte de un amigo mío. Los dos tuvieron algo juntos hace tiempo en Australia. Se lo prometí.

La mirada de Lena se enternece. Sabía que una historia tan romántica por fuerza le gustaría.

Pero desgraciadamente su voz no suena tan suave, cuando de repente me suelta:

–¡Tú lo que quieres es encontrarte con la *hippie* esa! ¿Crees que no he visto cómo charlabas con ella antes?

–¡Pero si es mi hermana!

–Conozco de sobra a tu hermana. Anti va de negro como el carbón. Y la churri con la que flirteabas era un arco iris de colores. No has cambiado nada, Kai. Continúas siendo el mismo idiota de la fiesta de disfraces en la que besaste a Anna.

–¡Aquello fue un malentendido! ¡Igual que ahora! ¡Por favor, tienes que creerme! –intento defenderme, pero Lena ya no me escucha.

–Esto lo había comprado para ti. ¡Se lo puedes regalar a tu amiguita la *hippie*! ¡Te odio!

Lena me tira una bolsa de papel marrón a los pies, se da media vuelta y se marcha.

Recojo la bolsa para mirar qué es lo que me ha comprado. En el interior hay una pequeña cabina de teléfonos roja. Al abrirla, se oye una voz que dice «*Call me*», que significa 'Llámame'; eso lo sé hasta yo.

Pero mucho me temo que me puedo ahorrar la llamadita por lo menos durante las dos próximas semanas. Y todo se lo debo al estúpido cambio de imagen de mi hermana.

¡A la porra Opti, Anti y la paz mundial!

10
Una audiencia con la reina

Londres es mucho más pequeña de lo que me esperaba. Bueno, vale: es más grande que el pueblo de mala muerte en el que nos hemos hospedado, pero tampoco tanto. Desde Piccadilly Circus, donde nos ha dejado el autobusero, Hyde Park está a un tiro de piedra. Y de aquí al Buckingham Palace tampoco hay mucha distancia. Lo he visto en el mapa de Lena. El pequeño lord ha marcado el palacio con una gran cruz roja porque ha estado muchas veces allí. Y no como turista, no, sino como invitado de la familia real para tomar el té.

Al pelota se le va a terminar pronto tanto cuento. Junto con el mensaje de Adolf Schmitz, he dejado una segunda carta para la *Queen*. En ella, le he escrito una sólida demostración de que el pequeño lord es un estafador de aseguradoras, que no respeta ni una reliquia nacional como el sombrero de lord Nelson.

Podría tomar uno de esos autobuses rojos de dos pisos para ir hasta la entrada del palacio, pero no vale la pena. El recorrido es muy corto y la cola para subir, muy larga. Los ingleses tienen un comportamiento impecable; nadie se queja ni intenta colarse, tal y como explicaba nuestro libro de inglés en el capítulo «Lo que nos diferencia de los británicos».

No quiero tener problemas con los ingleses y no tengo tiempo para ponerme a esperar en la parada de autobús. Así que me voy a pie. Además, tampoco me muero por subir en un autobús de dos pisos. Si los hay en todas partes. No entiendo por qué los británicos se sienten tan orgullosos de ellos. Tal vez sea por su color rojo. Al ser de ese color, la sangre se disimula mejor cuando alguno de ellos atropella a un peatón.

No tardo nada en alcanzar la entrada de Buckingham Palace. Está cerrada porque las habitaciones solo se pueden visitar durante un par de semanas al año. Pero no importa. De todos modos, no me esperaba encontrar a la *Queen* en persona enseñando a los turistas sus veinticinco baños y poniendo después la mano para recibir propinas.

Tengo que buscar otra forma de entrar.

Aquí donde me encuentro es imposible porque delante de la puerta hay un montón de soldados armados haciendo guardia. Van uniformados con chaqueta roja y llevan un sombrero de pieles que parece un micrófono. Son de auténtica piel de oso. Y yo me pregunto: «¿de dónde la consiguen?».

Llegará el momento en que incluso el sombrero de mejor calidad se agujereará o se perderá. Y, ¿entonces qué?

No quedan muchos osos. Los pocos que quedan viven en reservas naturales y no creo que se dejen esquilar de buena gana como las ovejas.

Por tanto, ¿de dónde conseguirán los sombreros nuevos?

¿Tal vez del zoo?

¿O tal vez la *Queen* tiene una granja clandestina de osos, donde los animales vegetan en jaulas hasta el momento de ser sacrificados porque un soldado ha extraviado su sombrero?

¡Ay, este Coolman!

Ya estoy curado de espanto y no me sorprenden sus chistes malos, así que mejor me pongo a buscar alguna puerta de servicio.

Es muy fácil porque solo tengo que seguir la verja que rodea todo el recinto. Hay una cámara de seguridad cada cinco metros, pero no me sorprende porque aquí en Londres hay una de esas en cada esquina.

Hasta ahora no he hecho ninguna foto, pero tampoco es tan grave porque, cuando vuelva a casa, escribiré al alcalde de Londres pidiéndole que me envíe por correo electrónico un par de imágenes de las grabaciones en las que salgo yo. Tampoco tienen por qué ser justo las imágenes en las que estoy entrando furtivamente en este palacio...

La verja es demasiado alta y el extremo superior demasiado afilado como para que me anime a saltarla. Así que mejor continúo caminando y espero a encontrar una fisura en el sistema de seguridad. Exactamente como en el fútbol. Uno tiene que esperar pacientemente a que el contrario cometa un error, para reaccionar rápido, chutar y conseguir el 1-0 en el marcador... o conseguir entregar una carta en persona.

Ninguna defensa es perfecta, siempre existe algún hueco. Esto me lo enseñó mi padre un día que me contó que alguien había conseguido colarse a media noche en los aposentos de la *Queen*. Pero a ese alguien no le sirvió de nada porque la reina no estaba en palacio.

¿Que cómo sé yo que la reina está en estos momentos en su casa y no por ahí inaugurando alguna granja de pollos o de visita oficial en Australia?

Levanto la vista y, efectivamente, allá arriba cuelga una bandera de color amarillo, rojo y azul, con muchos leones y un arpa. Siempre que la *Queen* está en Londres ondea su estandarte real en el Palacio de Buckingham. Esto lo he leído en la guía turística.

Ahora solo espero que esta bandera sea el auténtico estandarte real y no cualquier señal que indique a la camarera de habitaciones que ya puede limpiar sus aposentos.

Continúo mirando la bandera que cuelga de la azotea, cuando de repente se abre una puerta a escasos metros de mí. Se está abriendo por control remoto, ya que no hay ningún portero ni ningún guardián con sombrero de oso a la vista. Solo se ve una camioneta de reparto que sale del palacio a través de la puerta y gira hacia la calle.

Un acto reflejo me lleva a correr hacia la puerta abierta. Todo pasa muy rápido. Más rápido aún que mi propio pensamiento. Antes de que la puerta se cierre del todo, me meto dentro del recinto. No deben de haber notado nada, pues nadie viene a echarme. Lo más seguro es que los tíos que están controlando los monitores de vigilancia se hayan quedado fritos o se hayan puesto una película para no morirse del aburrimiento, viendo una y otra vez las mismas imágenes de la verja.

Ando un rato sobre un camino de grava y después tuerzo hacia unos arbustos. Entre la verja y el palacio se extiende un parque enorme, así que no me será difícil encontrar un buen escondrijo allí. Me arrastro detrás de un rododendro para pensar con tranquilidad cómo continuaré mi aventura. Hasta ahora no había pensado en eso porque ni siquiera había contado con poder entrar aquí dentro. Y eso que ya tengo experiencia en asaltar castillos a escondidas. Cuando vuelva a mi país, debería escribir una guía con el título *Cómo colarse en castillos ingleses para avanzados.*

Tal y como lo veo, tengo exactamente tres posibilidades:

1. Me quedo como estoy y espero a que se haga de noche, para después pirarme de aquí sin que nadie lo note.

Vale la pena pensárselo dos veces.

2. Voy hasta la cámara más cercana y empiezo a dar saltitos y saludar a los posibles espectadores, hasta que algún tipo con sombrero de piel de oso me descubra y me lleve a los pies de la reina.

¡Demasiado arriesgado!

¿Y si, en vez de eso, me meten directamente en la Tower *de Londres sin ni siquiera haber visto a la reina?*

3. Voy saltando con cuidado por el parque hasta el palacio, con la esperanza de encontrarme con la reina por casualidad en el camino.

¡Una idea estupenda!

Habéis leído bien: «saltando con cuidado». En la bolsa de plástico que he paseado de aquí para allá durante todo el día, llevo un disfraz de rana que me servirá de camuflaje perfecto sobre el césped recién cortado.

Mi madre me dio este disfraz. Como buena actriz que es, le encanta disfrazarse. Es una especie de enfermedad profesional. Pero lo que le gusta más todavía es disfrazarme a mí... sobre todo de verdura. O, en su defecto, de anfibio.

–Quién sabe si hay alguna fiesta de disfraces mientras estáis allá. Así irás preparado para cualquier ocasión –dijo mi madre mientras metía el disfraz en la maleta.

En aquel momento, me reí.

Ahora ya no me río tanto.

Me pongo el vestido de rana por encima y me atrevo a dar con cuidado el primer saltito, para abandonar así mi escondite y volver al césped.

Me dan mucho más miedo los tipos de los sombreros de piel de oso que cualquier cigüeña gigante. Por suerte, no hay ningún guardia por esta parte del parque. En realidad, no veo a nadie más que a un jardinero que está podando un seto a un kilómetro de distancia de donde yo me encuentro. No se ha percatado de mi presencia, lo que prueba que mi disfraz es un camuflaje perfecto.

Otra prueba de ello es que, al pasar por un estanque, las ranas auténticas que viven en él empiezan a croar, como si estuviesen saludando a un viejo amigo.

Esto hace que me sienta más seguro y, con cierta chulería, me atrevo a dar saltos más largos. Paso delante de una pequeña casita de té, donde hay dos sillas y una mesa preparada para el té de las cinco.

En un plato hay unas galletas que huelen la mar de apetitosas. Me acerco dando un par de saltitos. Las galletas desprenden un seductor olor a canela y a vainilla. No hay rastro de vinagre alguno ni de nada parecido. Así que son totalmente inofensivas.

Me dispongo a estirar la mano hacia ellas cuando, de repente, una jauría de perros con manchas blancas y marrones se acercan hacia mí a toda pastilla y ladrando como locos. Tres de ellos saltan encima de mí e intentan lamerme la cara. Un cuarto me muerde con todas sus fuerzas la aleta verde que llevo en el pie derecho.

–¡*Sit, sit!* –les grito–. ¡*Sit, sit, sit!*

Sueno como un ambientador automático de esos.

A los perros no les impresionan mis gritos ni un poquito, y eso que seguro que saben inglés. Continúan estirando de mi disfraz, como si quisieran hacerme añicos.

–¡Linnet! ¡Monty! ¡Willow! ¡Holly!

Oigo una voz aguda detrás de mí. En seguida me sueltan Linnet, Monty, Willow y Holly, se acuestan en el suelo y ponen sus patas delanteras encima de sus cabezas, como si se estuvieran protegiendo de una tormenta.

Cuando me giro, veo cómo se acerca una de las sirvientas de la reina. Tiene un pañuelo atado a la cabeza y lleva una cesta con flores naturales, rosas o tulipanes, no sé concretar cuál de ellas son exactamente. Así como otros tienen problemas con la ortografía, yo no soy capaz de distinguir unas flores de otras. Y esa es la razón por la cual Lena y yo... pero, en fin, eso es otra historia.

La mujer debe de tener más de setenta años. Y me da mucha pena porque, a pesar de su edad, tiene que seguir trabajando. En las revistas de mamá pone que la *Queen* paga a sus empleados unos sueldos irrisorios. Probablemente esta mujer deba trabajar porque su pensión no le da ni para pagar el alquiler.

La anciana jardinera me sonríe. Y después me dice algo en inglés que no entiendo.

–¿Habla mi idioma? –le pregunto, porque esto mejoraría considerablemente la calidad de nuestra conversación.

–No mucho –me contesta casi sin acento. Y, señalando mi disfraz, añade–: ¿Qué estás buscando aquí? ¿Algún moscardón que llevarte al estómago?

Me gusta esta mujer porque, a pesar de su duro destino, no ha perdido el sentido del humor.

–¿Conoce usted a la *Queen*?

–Un poco –responde esquiva.

–¿La trata bien? ¿O recibe usted algún tipo de castigo físico?

La anciana se limita a encoger suavemente los hombros, como queriendo decir:

–Podría ser peor.

–¡Pobre! –suspiro compasivo.

La jardinera se sienta en una de las sillas y se sirve una taza de té. Con un movimiento de mano, me invita a sentarme en la otra silla.

No me encuentro muy cómodo. ¿Qué pasaría si de repente apareciera alguno de los guardianes con sombrero de oso? O aún peor: ¿y si aparece la reina en persona? Entonces seguro que la anciana se vería metida en un buen lío.

A ella parece no importarle en absoluto. Coge tranquilamente una de las galletas que huelen a gloria bendita y le da un mordisco.

–¡Coge una! Están muy buenas –la vieja sirvienta me pone el plato delante y así no hay quien se resista.

Las galletas están riquísimas y, con diferencia, son lo mejor que he comido en estas dos semanas. Como ya me da igual todo, cojo dos más.

–¿Le podría dar algo a ella de mi parte? –le pregunto con la boca llena.

–¿A quién?

–Bueno, a la reina –le explico mientras me saco del bolsillo las dos cartas, la de Adolf Schmitz y la mía–. Una de ellas es de un amor de juventud y la otra es una especie de acusación formal hacia una persona.

–¿Cuál de las dos es la carta de amor? –pregunta la anciana jardinera. Coge las cartas y, acercándoselas a la nariz, añade–: Seguro que es esta que huele a *aftershave*, ¿verdad?

Antes de que me dé tiempo a impedírselo, abre el sobre de Adolf Schmitz.

–¡PARE! ¡STOP! ¡No puede hacer esto! ¡La carta es para la reina! ¡Solo ella puede leerla! –le grito sobresaltado.

Pero ya es demasiado tarde. Ha empezado a leerla y parece tan feliz que no me atrevo a quitársela.

–¡Adi! –suspira después de un buen rato y, si no me equivoco, incluso le asoman dos lagrimitas por el rabillo del ojo.

No tendría que haberle dado la carta. Le prometí a Adolf Schmitz que se la daría solo a la reina en persona. Y ahora soy el culpable de que esta pobre y vieja sirvienta vaya a ser perseguida por las bestias de la reina por todo el parque del castillo.

Seguro que pierde su puesto de trabajo, por lo que no podrá pagar su casa y acabará en la calle mendigando. Yo también estaría llorando, en su lugar.

–¡Ay, Adi! –deja la carta y sonríe.

–¿Cómo ha dicho?

–¡Adi! Así llamaba la *Queen* a Adolf Schmitz cuando se conocieron en Australia. Fue el amor de su vida, pero la Familia Real se opuso a aquella relación –me explica entre suspiros. Lo admito: hasta ahora tenía mis dudas de que la historia de Adolf Schmitz fuera cierta. Así que le debo una disculpa.

Volviendo a la pregunta de cómo puedo salir de aquí, todavía no se me ha ocurrido nada. Nuestro autobús sale en media hora, así que no me queda mucho tiempo para actuar, sea como sea.

Mientras yo estoy rompiéndome la cabeza pensando cómo escapar sin ser visto, la anciana se ha sacado de un bolsillo una pluma dorada, ha anotado algo en una servilleta y después la ha doblado formando con ella un pequeño sobre. Ha cogido la vela del soporte que sirve para mantener caliente la tetera, ha echado un poco de cera encima del sobre y lo ha sellado con su anillo. Al secarse la cera, he podido ver un montón de leones y un arpa en el sello.

–Dale esto a tu amigo Adi cuando lo veas –me dice alcanzándome el mensaje lacrado.

Mientras me lo guardo, veo cómo se acercan hacia nosotros dos guardias reales, que parecen bastante nerviosos.

Sabía que íbamos a tener problemas.

Me levanto de la silla de un brinco dispuesto a huir dando saltos, pero la anciana me dice con señas que vuelva a sentarme y me quede tranquilo. Conforme se acercan, me doy cuenta de que van armados. La vieja sirvienta tiene razón. Salir huyendo ahora sería un suicidio. Así que mejor actúo como si fuera una rana gigante que ha salido del estanque y se ha perdido por aquí.

En cuanto llegan a nuestra altura, los dos guardias me apuntan con sus armas y berrean algo que, para variar, no entiendo. Por miedo a ser víctima de una mala traducción, no digo nada. Simplemente levanto en alto las aletas verdes delanteras para que vean que no voy armado. La sirvienta les dice algo y convence a los guardias para que dejen de apuntarme. Lo que me resulta muy extraño es que los dos soldados se dirigen a la anciana todo el rato llamándola «*Your Majesty*».

Ahora caigo en que la vieja sirvienta tiene un parecido tremendo con la mujer de los miles de retratos que cuelgan de las paredes del salón de los Foolman.

Esta vez tengo tres opciones para salvar el pellejo:

1. Hago como Coolman y me lanzo a los pies de la reina, empiezo a caminar hacia atrás de cuclillas,

hasta llegar a la puerta y desparecer por donde he venido.

2. Doy media vuelta y empiezo a correr como un loco, hasta ser abatido por los guardias.
3. Suplico clemencia y pido que, por favor, me dejen pasar el resto de mis días viviendo en el estanque del parque real, como una rana más.

El punto número tres es el que me parece más acertado.

¿O tal vez sea mejor el número dos?

Con ese todo terminaría en un pispás.

–Los guardias os acompañarán a la salida –interrumpe la reina mis pensamientos.

–¿Qué quiere decir con *os*? –le pregunto irritado.

–Bueno, tan solo es una intuición –responde guiñándome un ojo–. Adi me contó que también tenía uno de esos. Ha sido un placer conocerte. Y no olvides entregarle mi carta.

Ladea la cabeza con gracia y se dirige a los perros, que todavía están inmóviles en el suelo. Solo reaccionan cuando ella les hace una seña. De un salto, se ponen en su regazo todos juntos. Los cuatro.

Paso de hacer una reverencia a modo de despedida porque en el pasado tuve muy malas experiencias con eso. Así que mejor lo dejo con un simple saludo desaliñado con la mano. Después sigo a los dos guardias, que me acompañan sin decir ni pío hasta una pequeña puerta que lleva hacia la calle.

En cuanto me ve llegar, el conductor del autobús toca el claxon impaciente. Ya están todos dentro esperándome. Incluso mi hermana Opti, que se ha sentado junto a Lena en la última fila. Las dos están charlando la mar de a gusto y se echan a reír nada más verme.

De un salto, me siento en el primer sitio que encuentro libre. Me da completamente igual si todos me miran o no.

Soy una rana, ¿y qué pasa?

No tienen ni idea de que no soy una rana cualquiera, sino una que ha comido galletas con la reina de Inglaterra.

Al fin y al cabo, ¿qué otro batracio podría decir lo mismo?

11
Por fin de vuelta a casa

Harvey y su mujer-caballo no tienen tiempo de despedirse de nosotros porque vuelven a echar por la tele otro campeonato de golf. Por lo menos Margaret se ha tomado la molestia de empaquetarnos un par de latas para el viaje y ha tenido el detalle de quitarles la banderola; como si no supiéramos desde hace la tira que se trata de comida para gatos.

Alex y Justin vinieron con una maleta para los dos y ahora se marchan con tres. Tres para cada uno. Ahí llevan repartido el botín que robaron. No me lo han dicho, pero estoy seguro de ello.

Ya no me dirigen la palabra porque se me olvidó traerles gomas elásticas de Londres y me echan la culpa de que su experimento con las ovejas no haya terminado con éxito.

Me alegro de que esto no se les haya ocurrido a Alex ni a Justin. Si no, me habrían tirado a mí, con el disfraz de rana incluido, al comedero de las ovejas. Ahora tengo que ir con un cuidado especial, pues ya no puedo contar con la protección de mi hermana. Para ella ahora es más importante la paz mundial que el destino de su hermanito pequeño.

Desde que volvimos ayer de Londres, Opti se ha pasado todo el tiempo meditando dentro del autobús, con una equilibrada sonrisa pegada en el careto. Se la ve tan llena de paz que te despierta toda la agresividad que llevas dentro.

Nuestra partida está siendo tan lluviosa y solitaria como lo fue nuestra llegada. Los padres de acogida ni siquiera se han dignado a despedir a los chicos y chicas de los que se supone han sido responsables durante estas dos semanas. Mientras meto mi equipaje en el portamaletas, entra en escena un carruaje a toda pastilla. En el asiento del cochero está sentado bajo la lluvia el pobre mayordomo y, en el interior del habitáculo van Lena y el pequeño lord. No sé si Charles pretende con esto fanfarronear un poco más o si solo lo hace porque el Rolls-Royce continúa en el taller.

Ayer no pude hablar más con Lena porque el autobús la dejó directamente en el castillo. El pequeño lord la está ayudando a bajar del carruaje, ella me mira y... sonríe.

Respiro aliviado.

¡No continúa enfadada conmigo!

¿Por qué tendría que estarlo? Al fin y al cabo, ayer en el camino de vuelta se dio cuenta de que yo decía la verdad y que la *hippie* del Hyde Park efectivamente era mi hermana. Todo vuelve a estar en orden y mi estado de ánimo mejora por momentos.

Me acerco al mayordomo, que está llevando el equipaje de Lena al autobús, y le susurro al oído:

–Aguante un poco más. La esclavitud a la que está sometido tiene los días contados.

De hecho, podría terminarse en cuestión de horas, cuando la reina en persona interceda y, gracias a mi carta, ordene la detención del pequeño lord.

Pero, o bien el mayordomo no me ha entendido, o bien se ha tomado a mal que convirtiera en chatarra el Rolls-Royce y que por eso tenga que conducir un carruaje calado hasta los huesos.

No importa, estoy de tan buen humor que ni siquiera un desagradecido mayordomo puede estropeármelo.

Tres razones para tener este subidón de ánimo:

1. Lena me ha sonreído.
2. La detención del pequeño lord es inminente.
3. Por fin volvemos a casa, lo que significa: ¡nunca más volveré a comer comida de gato ni patatas fritas con vinagre!

Opti ha reunido a unos cuantos compañeros en el autobús. Está con las piernas cruzadas en posición de loto y sermoneando sobre la amistad, la libertad y cosas así. En cuanto me ve, me saluda sonriente y me hace la señal de paz con los dedos.

Alex y Justin se han repantigado en los asientos del final y, tal y como me están mirando, no parece que les haga mucha ilusión mi compañía. Ahora ya saben que

Opti ha dejado de ser una amenaza para ellos. Si la cosa continúa así, se presentan tiempos difíciles para mí.

Me siento en un sitio donde hay dos asientos libres, con la esperanza de que Lena pase de largo y no se siente a mi lado. Pero no lo hace. Acaba sentándose junto a mí, a pesar de que hay un montón de sitios libres.

Afuera está el pequeño lord diciendo adiós con la mano. Cuando el autobús por fin arranca y se pone en marcha, Charles empieza a correr a nuestro lado. Pero después de cinco kilómetros se da por vencido el engreído ese. Tampoco es tan buen deportista como nos había hecho creer...

–Me gustó mucho –dice Lena, una vez hemos dejado a Charles a nuestras espaldas y no es más que un puntito insignificante en el horizonte–. Me encantó.

–¿Quién? –pregunto incrédulo–. ¿El pequeño lord?

–¡No, idiota! La canción que escribiste para mí. La canción sobre nosotros dos.

Le diría gustosamente algo bonito, pero no puedo porque, del apuro que me acaba de entrar, se me ha hecho un nudo en la garganta, como si me hubiese tragado de golpe una bolsa entera de gomas elásticas.

–Es mucho más bonita que las canciones de Charles. ¿Sabes quién se las escribe en realidad? –continúa Lena–. ¡El mayordomo!

¡Lo sabía!

De acuerdo, no se debe hablar mal de los rivales, y menos si no están delante. No es jugar limpio. Pero no puedo resistirme. Así que durante el viaje hacia el ferri le cuento a Lena con todo lujo de detalles lo de la estafa a la compañía de seguros, y también lo de la carta que he entregado a la reina yo mismo en persona.

–¡Está más claro que el agua! No hay otra explicación posible.

Lena no dice nada, pero se gira hacia detrás, desde donde Alex y Justin han comenzado a disparar bolitas de papel por todo el autobús.

–Ellos no han sido –respondo a su silenciosa sospecha.

–¿Tienes alguna prueba? Todo esto ya me lo contaste, y por aquel entonces no tenías ninguna –dice Lena frunciendo el ceño de una manera que no me está gustando nada. No me cree, así que tendré que marcarme algún farol.

–Pues claro que tengo pruebas.

–¿Qué pruebas?

–Documentos, huellas dactilares, fotos... lo normal –presumo.

–¿En serio? Enséñamelas. –Noto aliviado que la arruga de su frente se suaviza un poco.

–Es que están todas dentro de la carta que le entregué a la *Queen*. Las necesita para empapelarlo bien empapelado.

La arruga vuelve a hacerse más profunda.

–¿Has conocido a la reina de verdad?

Por lo menos, eso sí que lo puedo probar. Me saco la servilleta lacrada del bolsillo y, señalando el sello, le digo:

–Esto de aquí es su escudo. Me invitó a tomar un té y a comer galletas.

–¿Y qué hay dentro?

–No lo sé. Una especie de carta de amor.

La arruga ahora es tan profunda como el Gran Cañón.

–¡Pero no para mí! –me apresuro a aclarar–. La carta es para un conocido mío. Yo soy solo el mensajero.

–¡Qué romántico! –suspira y, por fin, la arruga desaparece por completo.

No hablamos más durante el resto del viaje. Y no porque no sepamos qué decirnos, sino porque no necesitamos comunicarnos con palabras.

Lena acaba durmiéndose sobre mi hombro. Estoy la mar de a gusto y no me molesta en absoluto que cada dos o tres minutos me sienta en el cogote una bola de papel babeado.

Lena todavía duerme cuando el ferri zarpa. La tapo con mi chaqueta y la dejo durmiendo. Después me voy hacia la cubierta. En el viaje de ida me perdí el paso por el canal de la Mancha porque me quedé frito. Así que esta vez no me lo pierdo por nada del mundo.

Para llegar a cubierta, tengo que subir unas escaleras de hierro superempinadas que están en un pasadizo superestrecho. Y no me resulta nada fácil porque el mar está muy revuelto. Tengo que cogerme a la barandilla con las dos manos para no caerme. Cuando por fin llego a cubierta, veo cómo de fuerte es en realidad el oleaje. Las olas son bastantes altas y llevan al barco, como si fuera un balancín, de aquí para allá, de aquí para allá, de aquí para allá, de aquí para allá... me estoy empezando a marear.

A Opti tampoco le va mucho mejor. Tiene medio cuerpo fuera de la barandilla y parece que está fatal. No puedo ver qué color de cara tiene porque la melena le cuelga por delante, pero me apuesto lo que queráis a que está verde. No verde como la hierba fresca, sino verde moco.

Con mucho esfuerzo, me muevo por la cubierta bamboleante hasta llegar a ella.

–¡*Peace*, Opti! –la saludo, como si el oleaje no tuviera ninguna influencia negativa sobre mí.

–¿Va todo bien?

Mi hermana levanta la cabeza y me mira como si fuera el mayor idiota del mundo. Ya estoy acostumbrado a eso. Lena me mira así también de vez en cuando. Sea como sea, veo que me he equivocado en lo de su color de cara. Sus mejillas no están de un verde moco, sino más bien de un verde color del moho que les sale a los bocadillos que venden en la cafetería de mi colegio.

–¡Al diablo la *peace* y toda esa mierda! –dice entre dientes–. ¡Y no me vuelvas a llamar Opti! ¡Mi nombre es Anti! ¡Que no se te olvide!

–Pero yo pensaba que ahora la vida era maravillosa. ¡Tú misma lo dijiste!

–¡Un funesto error! –replica Anti y, tambaleándose, se marcha hacia las escaleras que llevan a la cubierta donde están aparcados los coches y los autobuses.

–¿Adónde vas?

–¡A cambiarme! –responde sin darse la vuelta–. Tengo que deshacerme de esta ropa llena de colores como sea. ¡Me está poniendo mala!

La cubierta exterior está prácticamente desierta. La mayoría de los pasajeros están en la sala de abajo y lo encuentro ilógico porque, en el caso de que el barco se hundiera, necesitarían una eternidad hasta llegar aquí.

Hasta Alex y Justin han pensado en esa posibilidad. Están al otro lado de la cubierta alimentando a las gaviotas. Me distraerá charlar con ellos un rato. Así no estaré pensando todo el tiempo en el balanceo del ferri, ni en el inevitable caso de que este se hunda si la tempestad continúa así. Resulta prácticamente imposible mantener el equilibrio. Voy avanzando hacia ellos tambaleándome de un lado a otro como si estuviera borracho.

–¡Hola! ¿Cómo va? ¿Qué estáis haciendo? –les pregunto cuando por fin llego a su altura.

–Alimentando a las gaviotas, colega, ya lo ves –responde Justin.

–¿Con qué? –pregunto de nuevo.

–Con escobillas limpiaparabrisas, tío.

–¿Y dónde las habéis conseguido? –continúo con mis intentos de entablar una conversación.

–¡Del aparcamiento! Y deja de molestarnos ya, colega, que estamos muy ocupados –replica Justin.

Desde que mi hermana se fue de viaje al mundo de la paz y la alegría, estos dos han ido faltándome al respeto cada vez más. Ya va siendo hora de que sepan que mi hermana ha vuelto al lado oscuro; seguro que así serán mucho más amables conmigo.

–Por cierto, ¡Opti ha muerto!

Del susto, Alex y Justin dejan caer al mar las escobillas que tenían en las manos. Inmediatamente una docena de gaviotas chillonas se abalanzan sobre las tiras de goma que flotan sobre las espumosas olas.

–Se ha reencarnado en Anti y está ahora mismo cambiándose de ropa.

Durante un instante, solo se oye el aullido del viento y el fragor del agua.

–Hace un frío horrible aquí arriba, tío. Voy a por un gorro. ¿Necesitas que te traiga algo? –dice Alex sonriéndome amablemente.

–No será ninguna molestia, colega. Lo hacemos de corazón –añade Justin asintiendo con la cabeza.

–No es necesario, pero gracias por la oferta –les digo, acompañando mis palabras con un movimiento de mano. Con una sola mano, porque la otra la necesito para agarrarme bien fuerte a la barandilla.

En la puerta tropiezan con Lena, que se ha despertado y está buscándome.

¡Qué bonito!

Cuando me descubre, me saluda a lo lejos. Inconsciente de mí, suelto la barandilla para devolverle el saludo. Una ola gigantesca me atrapa por detrás y me coge de las piernas. Como si fuera una tabla de surf, me deslizo boca abajo por toda la cubierta hasta llegar a los pies de Lena.

–¿Tanto me has echado de menos? –me pregunta con una sonrisa burlona.

–¿Por qué lo dices? –le pregunto yo mientras me recupero de lo ocurrido.

–Como te has dado tanta prisa en echarte a mis pies...

Lena está congelada; lo puedo ver en la piel de gallina de sus brazos. Hace muchísimo frío aquí fuera. Sobre todo ahora que la ola me ha empapado de arriba abajo.

–¿Tienes frío? –me pregunta Lena con cara de preocupación.

–Para nada –le respondo, porque quiero hacerme el duro y no puedo reconocer que estoy más congelado que un suricato en una colonia de pingüinos en el Polo Norte.

Armándome de valor, me decido por una tercera posibilidad. Aunque no me caracterizo por ser muy valiente, consigo pasarle a Lena el brazo por encima de los hombros. Durante un instante, contengo la respiración pensando si ella lo consentirá. Y sí que lo consiente. De repente, ya no noto ningún frío. Todo lo contrario: a pesar de la ropa mojada, noto un calorcillo enorme por la emoción.

En silencio, observamos el oleaje, que cada vez es más fuerte.

–¿Significa esto que volvemos a salir juntos otra vez? –le pregunto después de un rato porque me gustaría tenerlo claro antes de bajar a la sala de pasajeros.

–¡Mira que eres idiota! –contesta Lena, y sonríe dejando entrever la ortodoncia–. ¿Crees que si no fuera así dejaría que me cogieras de esta manera? Charles lo intentó una vez y la bofetada que le di todavía resuena en el castillo.

–Pobre Charles –digo, aunque no lo pienso así.

–¡Es un esnob! Aunque también es una monada. ¿No lo crees? Espero que los jueces no sean muy duros con él –replica Lena.

–Yo también lo espero –añado, aunque en realidad deseo justo todo lo contrario.

¡Y no!

¡No me parece una monada!

Solo me lo guardo para mis adentros porque de ningún modo querría decir algo que estropeara esta situación.

Ahora sería un buen momento para darnos el beso que no nos llegamos a dar el día de la fiesta de disfraces. Pero el barco se mueve tanto que no estoy muy seguro de poder acertar en sus labios. Solo tengo que esperar a la próxima ola y, en cuanto pase, atreverme.

La ola llega, la ola se va, pero antes de que me dé tiempo a besar a Lena la puerta que da al aparcamiento se abre detrás de nosotros.

Son Alex y Justin. Se habían ido a por un gorro, pero Justin ha vuelto con un sombrero de piel de oso –ni idea de dónde lo ha mangado– y Alex con el sombrero del almirante Nelson. De esto último no me he dado cuenta hasta que Lena se ha soltado de mi brazo y ha empezado a señalar nerviosa con el dedo a la cabeza de Alex.

–¡Ahí está el sombrero! –dice Lena mirándome enfadadísima–. ¡Conque tenías pruebas! ¡Lo único que querías era dejar mal a Charles! ¡Y resulta que es inocente! ¡Pero ahora irá a la cárcel por tu culpa! ¡Todo esto es tan tan retorcido, Kai! ¡No quiero volver a verte nunca más!

Acabo de tener un *déjà vu.*

Lena se da media vuelta y pasa a empujones entre Alex y Justin. Después desaparece dando gritos por las escaleras.

–¿Qué mosca le ha picado, tío? –me pregunta Alex.

–¡Qué histérica la colega! –dice Justin.

–¿Por qué no me enseñasteis el sombrero el día aquel que me mostrasteis vuestro botín en casa de los Foolman? –todavía no entiendo de dónde ha salido el sombrero.

–Porque solo te enseñamos lo de más valor, tío. Ya te lo dijimos entonces.

–Y un sombrero así de viejo no tiene ningún valor, colega.

Ninguno de los dos comprende por qué me pongo así. No han oído nunca nada sobre el almirante Horatio Nelson y tampoco saben lo que significa tener el corazón roto.

Mientras continúo mirando atónito el sombrero que lleva Alex, una ola gigantesca inunda de nuevo la cubierta. La gélida agua se lo arranca de la cabeza y lo arrastra hacia el mar.

Espeluznado, sigo con la mirada a dónde va a parar.

No tengo alternativa. Necesito el sombrero para librar a Charles de los cargos que yo mismo le he imputado. Si no lo hago, Lena no me perdonará en la vida. Y entonces no habrá una tercera oportunidad, si es que puede haberla.

Doy un salto y, mientras todavía estoy en el aire, oigo detrás de mí a alguien que grita:

–¡Chico al agua!

Ya podría haber dicho «¡Hombre al agua!», vamos, digo yo.

Por suerte, soy un buen nadador. Un muy buen nadador, incluso. Y por eso, a pesar del fuerte oleaje, consigo alcanzar el sombrero que flota en el agua como un salvavidas. Cojo el ala del sombrero por la boca para poder nadar con los dos brazos. La gente del ferri ha arrojado un bote salvavidas al agua. Nado hacia él y con mis últimas fuerzas subo a bordo. El ferri está a una buena distancia porque no resulta fácil frenar un armatoste de esos.

Bienvenidos al presente: ahora ya sabéis cómo he llegado hasta aquí. Mientras os he contado mi historia, el ferri ha dado la vuelta y ya casi está a mi altura. Menos mal, porque el agua que está entrando por el agujero del casco desde el principio me llega ya hasta la rodilla.

En cuanto pise tierra firme, le escribiré una nueva carta a la reina para que deje en libertad a su Ilustrísima, *Earl of Sherwood-Wellington, Duke of South-North-Indian and the Islands of Nocash*. Si es que no lo ha mandado ejecutar ya. Aunque, según tengo entendido, el delito de estafa contra aseguradoras no se sanciona con la pena de muerte. Ese castigo se lo guardan los británicos para crímenes realmente malvados, como colarse mientras esperas en una fila o tomar el té de las cinco a las cuatro de la tarde.

Hablando de cartas: me acabo de acordar del mensaje para Adolf Schmitz. Saco la servilleta del bolsillo. El sello se ha despegado con el agua y, cuando despliego con sumo cuidado la hoja, me doy cuenta de que se ha corrido toda la tinta. No se puede leer nada de nada y, si Adolf Schmitz llega a conocer alguna vez esto, me arrancará la cabeza. Al igual que mis padres, cuando se enteren de que la única palabra en inglés que he aprendido durante estas dos semanas ha sido *sit*.

¿Y qué hay de Lena? No volverá a hablarme en la vida. Así que, pensándolo mejor, no tengo muy buenas razones para querer ser rescatado.

Si Coolman me ayuda a achicar el agua de dentro del bote y yo me pongo a remar como un loco –igual que hice en el foso del castillo–, podríamos esfumarnos y escapar a algún lugar donde no nos conozca nadie.

Los argumentos de Coolman terminan por convencerme. Me pongo el sombrero entre los dientes y cojo la escalera de cuerda que me han echado desde el ferri para que pueda volver a bordo. Peldaño a peldaño, voy subiendo con cuidado, pues el balanceo me lo está poniendo muy difícil.

No me importa lo que pueda pasar en las próximas dos semanas. Me da igual lo terrible que pueda ser porque, sea como sea, siempre será muchísimo mejor que pasar el resto de mi vida en una isla desierta junto a Coolman.

De eso estoy seguro.

¡Me lo he ganado!

12

Majestuosas expectativas

Si hubieses sido un poco más amable con Charles...
... tal vez nos hubiera adoptado.
Todo eso habría sido posible. Pero no, tenías que estar celoso de él.
¡No estoy celoso!
¡Lena, Lena, Lena! Solo tienes a Lena en la cabeza.
Podrías haber besado a la reina y haberte convertido en príncipe.
¡Pero si tiene más de ochenta años!

¡Mejor, así pronto habrías llegado a ser rey!
Y yo tu superhéroe real con licencia para salvar el mundo entero.
¡Seguro que Lena te habría encontrado superatractivo con la corona!
¡Pero no! Decidiste volver a casa. Pues culpa tuya.
¡¿¡Tal vez tengas razón!?!
Claro que la tengo. Pero no te preocupes, porque seguiremos pasándolo bien juntos.
¿Eso es una amenaza?
¡Tonterías! ¡Es una promesa!

Índice

Otros títulos en esta colección

Coolman y yo
de Rüdiger Bertram
ISBN: 978-84-9845-317-1
Dibujos de Heribert Schulmeyer
«Coolman y yo», 1

Kai es un joven aparentemente normal. Y lo sería, de hecho, si no tuviese siempre a su lado a Coolman, un héroe a quien sólo él puede ver y que siempre le enreda en situaciones comprometidas que le conducen al desastre. ¡Pero nunca es culpa de Coolman! Con un fin de semana sin sus padres por delante, una hermana mayor que planea una fiesta espectacular y un baile de disfraces en el colegio al cual Kai se supone que debe ir vestido de berenjena, solamente hay una cosa que nuestro protagonista puede hacer: emigrar. O enfrentarse a la situación con valentía... ¡y con Coolman!